QUIBERON.

AF724688

Cet ouvrage se trouve encore à Paris, chez :

PONTHIEU, au Palais-Royal ;
DUVERNOIS, cour des Fontaines ;
PAPINOT, rue du Coq-Saint-Honoré, en face du Louvre ;
POTEY, libraire de M. le Dauphin, rue du Bac, n° 46.

IMPRIMERIE DE C. J. TROUVÉ,
rue Notre-Dame-des-Victoires, n° 16.

QUIBERON,

CINQ VENDÉENNES;

Par J. G. Cappot de Feuillide.

BIBLIOTHEQUE ROYALE

Paris.

CHEZ C. J. TROUVÉ, IMPRIMEUR-LIBRAIRE,
RUE NOTRE-DAME-DES-VICTOIRES, N° 16.

1826.

..... Moriamur omnes in simplicitate nostrâ: et testes erunt super nos coelum et terra, quòd injustè perditis nos.

(Machab. lib. I, cap. II, vers. XXXVII.)

A la Mémoire
du Duc
Mathieu de Montmorency.

A ces chants commencés quand tu daignas sourire,
Noble Montmorency, tu voulus que ton nom
Sur moi de son éclat réfléchît un rayon.
Hélas! depuis ce jour, aux cordes de ma lyre
J'ai demandé pour toi l'Hymne sacré du Deuil;
J'ai vu gémir sur ton cercueil
Les peuples et les grands, ton épouse et ta fille,
Et tous les Malheureux dont tu fis ta famille.

Je t'ai pleuré long-temps... Je te pleure toujours,
Toi, que pour mon bonheur le ciel me fit connaître;
Toi, qui fus mon appui; toi, qui m'aimas peut-être.
Quand le soleil commence ou termine son cours,
C'est ton nom que mon cœur bénit dans la prière;
Lorsque de Saint-Germain la forêt solitaire
Inclinait sur mon front ses mobiles rameaux;
Quand j'invoquais la Muse à l'ombre des ormeaux
Dont l'astre de la nuit argentait le feuillage,
Glissant sur les gazons comme un rayon du soir,
Ton ombre à mes côtés peut-être vint s'asseoir.
Souvent je crus t'entendre animer mon courage,
Me parler de Vertu, de Gloire, d'Avenir...
O mon Saint Bienfaiteur! ces chants sont ton ouvrage:
Ma Muse fut ton souvenir.

Première Vendéenne.

Le Débarquement.

Le Débarquement.

MUSE des saints combats et des nobles revers,
O vierge de Sion qui suspendais ta lyre
Aux saules de l'Exil, aux bûchers du Martyre;
Toi, dont le ciel lui-même écoute les concerts,

Viens soupirer un hymne autour du mausolée
Où la France, en pleurant, doit ramener le deuil;
Viens célébrer des preux dont l'ombre inconsolée
Errait, depuis trente ans, proscrite et sans cercueil!

Terre de mes aïeux, grande et noble patrie!
    O France, mes seules amours!
    De quel éclat, France chérie,
    Te couronnaient les anciens jours!

  Puissante fée à la voix prophétique,
Le front ceint de verveine ou des fleurs du genêt,
Agitant dans la nuit ta baguette magique,
De Sylphes vagabonds tu peuplais la forêt.

Tu portas tour à tour, intrépide amazone,
La hache du Sicambre, ou des fiers Paladins
L'éperon d'or, la lance et le cor qui résonne,
Et le faucon des Châtelains.

France ! pour son séjour la Beauté t'a choisie.
Tu reçus de ses mains le panache flottant,
Le haubert, la cuirasse, et l'hymne de Roland
Se mêla dans ta bouche aux mots de courtoisie.

Devant toi s'inclina le bandeau des Césars,
La couronne de fer que ceignaient les Lombards,
Le glaive des Saxons, et le turban du Maure;
Tu brisas le faisceau des sceptres du Germain,
Tu domptas les flots du Bosphore,
Et, sous le pâle sycomore,

Tu t'assis triomphante aux rives du Jourdain.

Errante pélerine aux plages étrangères,
Tu revins des Saints-Lieux, apportant des rosaires
Et la lyre du troubadour,
Et l'écharpe brodée où tendres Damoizelles,
Pour les preux galants et fidèles,
Entrelaçaient des fleurs et des chiffres d'amour.

Rivale de l'antique et superbe Ausonie,
Ton sourire fécond inspira le génie,
Et toujours les héros qu'enfantaient tes regards,
Te consacrant leurs vœux, leurs serments et leur vie,
Furent fiers de mourir sous tes blancs étendards.
De lauriers immortels ils chargèrent ta tête,
Leur bras du monde entier vainquit les légions ;

Reine par les beaux-arts, reine par la conquête,
Tu marchas sans rivale au rang des nations!

Mais du jour où tes fils profanèrent l'épée
Des Bayard et des Duguesclin,
Du jour où leur barbare main
Dans le sang des Rois fut trempée,
Le Seigneur te maudit. T'abandonnant aux pleurs,
Il déchaîna sur toi les vents de sa colère,
Et tu bus dans la coupe amère
Que t'offrait l'Ange des douleurs.

Alors, la Révolte homicide,
Aux cris de : LIBERTÉ! brisait le joug des lois;
Sur les autels détruits la hache régicide
Abattait les soutiens de la cause des Rois,

Et les Rois se taisaient!... Aux rives de la Loire,
Quelques guerriers épars, des héros laboureurs,
Opposant leur courage à de lâches fureurs,
Entr'eux et nos tyrans, seuls, avaient mis la gloire.
Le Dieu qui donne la victoire
Devait payer le prix de leur fidélité :
Ils moururent!... léguant à la postérité
Le soin d'honorer leur mémoire.

France! qui vengera tes peuples éperdus,
Et du sang de tes fils les torrents répandus?
Qui doit ceindre pour toi le glaive des batailles?
Et qui, bravant encor d'atroces funérailles,
Doit coûter aux tyrans un grand crime de plus?

Quiberon! Quiberon! je vois vers ton rivage

Cingler de rapides vaisseaux.
Un peuple tout entier, rassemblé sur ta plage,
Répond joyeux à leurs signaux.

Que veulent, dites-moi, ces prêtres et ces femmes,
Et ces jeunes soldats, conduits par des vieillards
Dont un reste d'ardeur a réchauffé les âmes?
Ce sont quelques proscrits échappés aux hasards
De Saumur, de Granville, et de Tiffauge en flammes.
Naguère on les voyait, un rosaire à la main,
Une croix sur le cœur et portant des reliques,
S'élancer aux combats au bruit des saints cantiques.
Poursuivis par les lois d'un sénat inhumain,
Ils n'ont plus d'autre abri que l'ormeau du chemin;
Ils ont abandonné leur cabane chérie,
Le grand bois, la chapelle, et l'antique manoir
Où le pauvre, trouvant un asile le soir,

Disait des oraisons en l'honneur de Marie...
Et Français, dans la France ils errent sans patrie.

Fiers de leur infortune, ils portent ce drapeau
Qu'aux champs de la Vendée avait usé la gloire,
Afin que le vainqueur trouve dans leur tombeau
Un linceul, où la foudre a tracé leur histoire.

Voilà qu'un drapeau blanc des peuples de Clovis
Va guider la tribu fidèle,
Comme on vit l'Arche sainte, aux déserts de Memphis,
De Jacob conduire les fils,
Fuyant l'Égypte criminelle.

Les vaisseaux ont fendu le vaste sein des mers.

Des cris ont salué le réveil de l'aurore,
Et de blancs pavillons s'allongent dans les airs
A la cime des mâts que l'orient colore.
O France! avec amour accueille tes enfants.
Le soleil qui se lève, écartant la tempête,
    Semble sourire à quelque fête,
Et les vaisseaux au port entrent avec des chants.

LE PEUPLE.

Triomphe aux exilés! Des rives étrangères,
Dans le pays natal par l'honneur ramenés,
Ils viennent partager ou finir nos misères.
Gloire à qui se souvient du malheur de ses frères,
    Et de ses toits abandonnés!

Nos tyrans ont eu soif du sang de leurs victimes,
Et se sont enivrés sur leurs corps palpitants.
Des femmes, des vieillards, dans de sombres abîmes
Ont été plongés tout vivants.

Dans nos temples en deuil, durant le saint mystère,
Le prêtre a vu l'hostie arrachée à sa main,
Il rougit de son sang le tabernacle saint
Et le pavé du sanctuaire;
Et la vierge périt, comme un lis solitaire,
Avant qu'elle ait tressé sa guirlande d'hymen.

LES JEUNES GUERRIERS.

Vengeance! gloire à nous! honte, honte aux esclaves
Dont le front s'est courbé sous le joug des tyrans!
Ils préfèrent la vie et d'indignes entraves

A la mort réservée aux braves,
Tombés fidèles dans nos rangs.

Vierges au cœur timide, à la voix gémissante,
Nos mères vous verront au bois accoutumé,
Rêvant des cieux encor dans votre âme innocente,
Chercher l'ombrage frais du feuillage embaumé,
Et vous plaire au doux bruit de l'onde mugissante;

Mais nous, ici, dans les combats,
Nous aurons mordu la poussière.
Gloire aux Lis, gloire à leur bannière!
Opprobre à qui fuit le trépas!
A nous le sang et le carnage!
A nous les débris du naufrage!
A nous de mourir dans les flots!...

O femmes! cessez vos sanglots;
Ils amollissent le courage.

Préparez des lauriers au preux qui sait mourir,
Et sourit avec joie aux éclats du tonnerre.
Que lui fait de laisser sa dépouille à la terre?...
Il lègue un nom de plus à l'immense avenir.

Cependant, pour fixer les vaisseaux à la rive,
Les nochers ont jeté l'ancre qui les captive.
Le signal est donné... Bientôt, de toutes parts,
Le peuple aide lui-même à rouler sur le sable
Les glaives, les mousquets, les tonnerres, les chars,
Et des combats prochains l'appareil formidable.
Mais déjà des tambours, des sauvages clairons
Les échos sur la mer ont prolongé les sons;

Les guerriers de l'Exil s'avancent sur la plage,
Et les ordres des chefs, parcourant le rivage,
Se sont mêlés au bruit des étendards mouvants,
Soulevés, déployés, et froissés par les vents.
Le silence succède aux joyeuses cimbales,
Et l'on n'entend par intervalles
Que les pas mesurés des soldats dans les rangs.

Les voilà ces débris de notre vieille France!
Ces soldats d'un grand nom, ces rejetons derniers
Des preux et nobles chevaliers
Dont nos gais troubadours célébraient la vaillance!
Voilà ces possesseurs du fer des Châtillons
Dont le dernier Condé guidait les bataillons!
Ces amis de Suffren qui, domptant la fortune,
Disputaient aux Anglais le sceptre de Neptune,
Et qui portaient nos pavillons

Des champs de Montezume au cap de l'Espérance!
Vétérans de l'honneur, fidèles à leur foi,
Leur âme est à leur Dieu, leur sang est à leur Roi,
Ils l'épuiseront tout pour notre délivrance.
    Gage divin de la valeur,
L'image du Saint-Roi brille sur leur poitrine;
Pour sauver le drapeau qui vainquit à Bovine,
    Ils ont tout perdu..., FORS L'HONNEUR !

Jamais éclat plus vif ne décora leurs armes,
Que lorsqu'errants, sans pain, sourds aux lâches alarmes,
Sous les feux du Midi, sous les glaces du Nord,
    Traînant leur illustre misère,
    D'une pauvreté libre et fière
Avec leur Roi proscrit ils partageaient le sort,
Aux jours où, dépouillé des pompes de Versailles,
    Semblable aux chefs des premiers Francs,

Porté sur ses pavois au milieu des batailles,
Ce Roi tenait sa cour sous la tente des camps.

Remplissant son devoir sans orgueil, sans faiblesse,
Ainsi, près de finir, cette antique Noblesse
Dont tant de renommée illustra le matin,
D'une gloire aussi pure embellit son déclin.
Tel, quel que soit l'éclat dont le char de l'aurore
Rougit à l'orient les bords de l'horizon,
Tel, du soleil couchant réflétant le rayon,
De feux aussi pourprés l'occident se colore.

Deuxième Vendéenne.

Le Sacrifice. Le Nouveau Roi.

Le Sacrifice. Le nouveau Roi.

Le Sacrifice.

De la nuit par degrés éclaircissant les voiles,
Le jour a fait pâlir les dernières étoiles,
Et l'aurore nouvelle, à l'horizon lointain,
Entr'ouvrant de ses doigts les portes du matin,
Colore le ciel et l'Abîme;
Des monts de Saint-Michel elle rougit la cime.

Une brise, qui fuit et revient tour à tour,
Glisse sur l'Océan, comme un souffle d'amour
Qui passe sur des fleurs, les courbe et les relève;
Les flots plus agités s'étendent sur la grève;
Les vents, en se jouant sur les faisceaux d'acier,
Jettent un son plus mâle aux tentes du guerrier,
Et sur les pavillons prolongent leur murmure.
C'est l'heure où pour prier s'éveille la nature.
Le clairon retentit... Debout, Soldat chrétien!
Élève à Dieu ton cœur, Dieu sera ton soutien.

Le Dieu fort et puissant est le Dieu des armées !
Il se plaît à cacher dans les replis du cœur
Le mépris du trépas, la divine fureur
Qui sauvait d'Israël les tribus alarmées.
Ivresse, soif du sang qui n'as point de remords,
Enthousiasme du carnage

Qui fais sourire le courage,
Et braver le trépas sur des monceaux de morts,
Dieu seul peut t'inspirer! Le guerrier dans son âme,
Des combats respirant la flamme,
Sent la douce pitié prendre place à son tour,
Et l'œil étincelant, hâtant les funérailles,
Il est humain encor sur le champ des batailles,
Comme une épouse est chaste en ses transports d'amour.

Lévites, à l'autel! Le voilà qui s'élève
Sur ces chars où la foudre est immobile encor,
Où brillent ces faisceaux d'acier, de bronze et d'or,
Et les feux du soleil sur le poli du glaive.
Le tabernacle est là, sous ces blancs étendards
Dont les replis soyeux présentent aux regards
Le Signe rédempteur et les Lis de la France.

Aux marches de l'autel un pontife s'avance...
Vieillard divin, chargé de jours et de douleurs,
Son front avait blanchi dans le saint ministère;
Persécuté, proscrit, chassé du sanctuaire
Par ceux dont bien souvent il essuya les pleurs,
Le vieillard n'a prié, sur la rive étrangère,
Que pour la fin de nos malheurs.

Le cantique éternel, l'Hozanna que les anges
Chantent en chœur aux célestes concerts,
Le nom de Jéhova retentit sur les mers,
Et l'Abîme répond à l'hymne des louanges.
L'encens brûle, il s'élève, il parfume les airs,
Et l'ange des combats, se voilant de ses ailes,
Devant le Saint des Saints, en gerbe d'étincelles,
Sème de pourpre et d'or les parvis du saint lieu,
Et porte la prière aux voûtes éternelles...

Soldats, courbez vos fronts! le Dieu! voilà le Dieu!

Il descend, il descend dans l'azur de l'espace
    Sur un rayon brillant du jour!
Les flots sur le rivage expirent avec grâce,
Et mollement du golfe embrassent le contour.
Les voix ne chantent plus. Des brises embaumées
Balancent les vaisseaux sur les vagues calmées,
Comme un enfant bercé dans les bras de l'Amour.
Les drapeaux repliés sur le bois de leur lance,
Les guerriers à genoux, humbles, baissant les yeux,
Sur la terre et les mers, dans un calme pieux,
Tout semble du Très-Haut adorer la présence,
Et seule, s'élançant des cœurs religieux,
La fervente prière interrompt ce silence.

Le Nouveau Roi.

— Gloire à jamais à Dieu dans les hauteurs du ciel! —
Le Prêtre a consommé le divin sacrifice,
Et sous des voiles d'or renfermant le calice,
A déposé la mître et l'Éphod solennel.
Debout aux marches de l'autel,
Il ranime sa voix plaintive,
Et les regards tournés vers la France captive,
Il parle... Ainsi parlait aux Hébreux dans les fers,
Quand l'ingrate Sion eut perdu sa couronne,
Le Prophète inspiré, pleurant sur leurs revers,
Près des fleuves de Babylone.

« Chrétiens, jeunes soldats, chefs aux cheveux blanchis,

Par le crime exilés, par l'honneur affranchis;
Restes de ces héros qu'admiraient nos ancêtres,
Vous qui ne voulez pas vous courber sous des maîtres
Usurpateurs sanglants du sceptre de Clovis !
Et vous, Saintes Tribus, qui venez sur ces plages
Pour vous mêler aux rangs des vengeurs de nos Rois,
Vous qui n'aviez d'abris que les antres sauvages
Pour gémir et prier à l'ombre de la Croix,
Écoutez... Le Seigneur va parler par ma voix.

Reine des nations, de ta gloire enivrée,
O France! maintenant à l'opprobre livrée,
Du sang dont les forfaits ont souillé ton beau front,
Qui lavera jamais l'indélébile affront?
Qu'as-tu fait, malheureuse et coupable patrie,
De la race des Rois, ta force et ton orgueil?
Tu la chasses du trône, et ton audace impie

Ravit même à ses os l'asile du cercueil.
Et nous, Français bannis, de deux tiges divines
N'espérons plus revoir le rejeton dernier :
L'Enfant royal et prisonnier
A porté seulement la couronne d'épines!
Par de lentes douleurs le Très-Haut l'a sacré!
Et comme un lis, dont les racines
Se dessèchent sur des ruines,
Languit et meurt décoloré,
Sur la cendre des morts la Mort l'a devoré. »

De la foule, à ces mots, les sanglots éclatèrent,
On n'entendit qu'un cri : Le jeune Roi n'est plus!
Et, brandissant leurs glaives nus,
Les rangs des guerriers s'agitèrent.
Le pontife versait des pleurs;
Vers la terre son front s'incline,

Les mains jointes sur sa poitrine,
Il semble, recueilli dans ses saintes douleurs,
Attendre encor du ciel les feux inspirateurs :

❀

« Dieu voulut nous punir! Mais toujours sa clémence
A côté des revers fait asseoir l'espérance.
Fille sainte du ciel, l'auguste Royauté,
Comme un astre qui luit au milieu des tempêtes,
Garde dans le malheur toute sa majesté.
D'autres Lis dans l'exil ont relevé leurs têtes.

Admirable pouvoir de nos antiques lois!
Le trône de Clovis n'est jamais veuf de rois :
Quand un règne finit, un règne recommence!
Frères du Roi-Martyr, nous proclamons vos droits!
Dieu le veut! Dieu le veut! Salut au roi de France!

Peuples, au Champ-de-Mars élevons ses pavois! »

Saisissant à l'autel une blanche bannière,
Des premiers Rois chrétiens drapeau victorieux,
Le Prêtre la bénit, et des flots de lumière
Inondent ses replis d'un éclat glorieux.
Elle est remise aux mains qui la doivent défendre,
Et pour la recevoir les rangs se sont ouverts;
Des clairons belliqueux le son se fait entendre,
Les glaives sont levés, et sur le sein des mers
Cent foudres, en grondant, prolongent leurs éclairs.
Du peuple et des guerriers les accents se confondent.
Et sur les bords du Rhin, en marchant aux combats,
A la voix d'un Condé, d'autres Bannis répondent:
«L'Homme-Roi peut mourir, mais le Roi ne meurt pas!»

Ainsi les Exilés, sur cette aride plage,
Saluant de leurs cris le Roi qu'ils ont élu,
D'un camp des premiers Francs ont retracé l'image;
Soit, lorsqu'au Champ-de-Mars un prince chevelu
Du haut de ses pavois recevait leur hommage;
Soit, lorsque balançant une tige de lis,
Un ange du Seigneur, sur ses ailes de flamme,
Au bois de Joyenval apportait l'oriflamme
Qu'un Ermite inspiré mit aux mains de Clovis,
Et que la France en vain réclame
Aux vieux tombeaux de Saint-Denis.

Sur le mont sablonneux qui près des mers s'élève,
Les soldats des tyrans apparaissaient armés.
Une main sur la foudre, et dans l'autre le glaive,
Immobiles, l'œil fixe, ils dominaient la grève
Où la mort doit pleuvoir de leurs rangs enflammés.

Nulle voix cependant n'ordonna le carnage.
Furent-ils donc émus par le sublime aspect
De leurs frères bannis priant sur le rivage,
Et le Dieu des chrétiens, les frappant de respect,
Pour la première fois glaça-t-il leur courage?
Ou bien, pour leur Roi malheureux,
Quand priaient les soldats de la tribu fidèle,
En secret, dans le camp rebelle,
Quelques chefs repentants prièrent-ils comme eux?

Troisième Vendéenne.

La Trahison. Le Combat.

La Trahison. Le Combat.

La Trahison.

Sur deux rocs escarpés dont les bases puissantes
Brisent de deux côtés les vagues mugissantes,
Un fort aux vastes flancs, aux obliques contours,
Élève jusqu'aux cieux ses créneaux et ses tours;

Les restes malheureux de la Phalange Sainte,
Vaincus, mais non domptés, en occupent l'enceinte.
Après de longs combats où l'on vit leur valeur,
Succombant sous le nombre, étonner le vainqueur,
La plage et ces remparts sont leurs derniers asiles.
Rochers de Quiberon ! nouvelles Thermopyles !
Ce fut sur vos sommets que tomba massacré
De vos Trois-Cents trahis le bataillon sacré.

Il est nuit. Dans les cieux gonflés par les orages
Tous les vents déchaînés entassent les nuages;
L'onde noircit, écume, et, du nord au midi,
Des feux de longs éclairs la mer a resplendi;
La foudre, sourdement dans les flancs de la nue,
Gronde, roule, bondit et parcourt l'étendue;
L'hirondelle des mers, rasant le sein des flots,
Mêle son cri sinistre aux cris des matelots;

Les mâts sont ébranlés, les voiles se déchirent;
Dans ce désordre affreux les voix des chefs expirent;
Et, penchés sur leurs flancs, l'un par l'autre heurtés,
Les vaisseaux loin du bord dérivent emportés.

Des fanaux sur les tours la lumière inégale,
Pâlissant, décroissant, mourant par intervalle,
Ne perce plus des nuits l'horrible obscurité.
Dans l'enceinte du fort, le soldat abrité
Suspend le long des murs ses armes qu'il essuie;
La garde que les vents, et la grêle et la pluie,
Aux sommets du rocher tourmentent à la fois,
Courant se renfermer dans ses tentes de bois,
Aux mots de ralîment ne prête plus l'oreille.
La Fidélité dort... mais la Trahison veille.

Dans l'ombre, tout à coup, des pas se sont glissés.
Ils franchissent sans bruit les postes avancés.
Dans ce sentier étroit qui mène au camp rebelle,
Seule, aux feux des éclairs, où va la sentinelle?
Sur les sables mouvans par l'Océan vomis,
Un transfuge s'adresse aux soldats ennemis :
— Votre chef? — Que veux-tu? — Menez-moi vers sa tente.
Là des Républicains l'élite impatiente,
Autour du feu de garde, en silence, écoutait
L'ordre des Décemvirs que son chef lui dictait.
Ce chef, né plébéien, grandit par la victoire;
Le sang hors des combats ne souilla point sa gloire :
HOCHE est son nom. Des lois d'un Sénat oppresseur
Sa bonté, bien des fois, adoucit la rigueur.
Pur du meurtre des Rois, servant la République,
Il abhorrait le crime; et cet homme héroïque,
Né dans les temps où Rome avait quelques vertus,
S'il eût haï César, aurait maudit Brutus.

— Général! me voilà, j'accomplis ma promesse.
Tout dort sur le rivage et dans la forteresse :
Tes soldats avec moi sont-ils prêts à marcher?
— Oui.... Qui leur livrera les sentiers du rocher?
— Moi, qui les gardais seul! A la tribu royale
Cette nuit, si tu veux, peut devenir fatale.
— Sommes-nous attendus? — Admis au repentir,
Mille autres avec moi jurent de te servir. —

Semblable au bruit confus des vagues sur la grève
Dans la tente, à ces mots, un murmure s'élève.
D'un projet si hardi, mesurant le danger,
On voyait les guerriers entre eux s'interroger;
Et leur Chef, à l'écart, et la tête baissée,
Comme s'il succombait au poids d'une pensée
Dont l'esprit incertain cherche à fixer le cours,
Semblait inattentif à leurs nombreux discours.

Il se lève, on se tait ; il parle, et de son âme
Dans le cœur des guerriers il fait passer la flamme :
« Oui, que les exilés se livrent au sommeil !
» Que leurs songes soient doux ! jamais à leur réveil
» De plus sinistres feux n'auront lui sur leur tête.
» L'aigle fond sur sa proie au bruit de la tempête ;
» Et nous, pour nous guider sur ces rocs impuissants,
» Le ciel nous prêtera ses éclairs menaçants. »
Il dit ; et mille cris accueillent sa parole.
Ce n'est plus qu'une voix ; elle éclate, elle vole,
Anime les soldats, et, d'échos en échos,
Se perd dans le fracas de la foudre et des flots.

Entre le fort Penthièvre et la mer orageuse,
De la plage mouvante étroite et sablonneuse,
Que la vague envahit et quitte tour à tour,
Les fiers Républicains ont suivi le contour.

Le sifflement des vents, le tonnerre et les ombres
Les couvrent de leur bruit et de leurs voiles sombres.
Mais pourquoi tout à coup se sont-ils arrêtés ?
Le sable, en tournoyant, sous les flots irrités
Disparaît. Devant eux la mer s'étend immense....
L'onde les environne; elle s'enfle, s'élance,
Se roule sous leurs pas, se redresse à leurs flancs,
Les pousse, les soulève, et leurs pieds chancelants
Ne trouvent plus d'appui sous les vagues qui grondent.
Les bataillons errants se rompent, se confondent.
— Où nous conduisez-vous ? — Hoche parle; sa voix,
Par l'orage étouffée, en vain répond trois fois.
Le cri d'effroi se mêle aux clameurs de la rage;
Le désespoir lui seul entretient le courage;
On s'appelle, on se cherche, on se heurte, on se fuit,
Mais le vaste Océan domine tout ce bruit.
On eût cru voir alors le géant des tempêtes
A de nouveaux Gama disputer leurs conquêtes.

Entrelaçant leurs bras pour résister aux flots,
Les soldats d'une chaîne ont formé les anneaux;
Leurs rangs se sont pressés, et leur masse intrépide
S'ébranle, chaque fois qu'une lueur livide
Sous les cieux obscurcis serpente en longs éclairs,
Ou qu'un éclat de foudre illumine les airs.
Comme dompté par ceux qu'il voulait pour victimes,
L'Océan refoulé rentra dans ses abîmes.

Du rocher, cependant, franchissant les sentiers,
Vers le fort, le transfuge a conduit des guerriers.
Il écoute : — Tout dort, avançons! — On arrive,
(Un Exilé veillait!) on approche : — Qui vive ? —
Montjoye et Saint-Denis! — Passez! — Il dit; soudain
Le Proscrit est frappé d'un poignard dans le sein.
Il tombe sans donner le signal des alarmes.
— Liberté! Liberté! Républicains, aux armes! —

Au cri de ralîment que le Traître a jeté,

Mille cris dans le fort répondent : LIBERTÉ !

Quelques Chefs généreux s'opposent aux rebelles;

Le glaive est dans leurs mains : — A nous, soldats fidèles!

— Il n'en est plus ici! — Mais nous serons vengés.

— Soit; malheur aux vaincus! — Les Chefs sont égorgés.

Le Combat.

Non loin du Fort, troublés par ces scènes funèbres,
D'autres Bannis disaient, veillant dans les ténèbres :
— Nos frères sont trahis! — Allons les secourir! —
Il n'est plus temps. — Eh bien! soyons prêts pour mourir.
Ils se rangent autour des bronzes de la guerre.
Ce sont eux dont les mains allument le tonnerre,
Et dont le coup-d'œil sûr, au sein des bataillons,
Des boulets meurtriers dirige les sillons.

Hoche, vainqueur des flots, sur les remparts s'élance :
— Rendez-vous! — Il se fait un lugubre silence;
Mais on voit, à ces mots, se glisser dans la nuit
Un brandon enflammé qui serpente et qui luit.

—Rendez-vous! — Des Bannis les tonnerres répondent;
Leurs coups multipliés se croisent, se confondent,
Éclatent sans relâche et vomissent la mort.
De l'airain rugissant sortant avec effort,
Le boulet siffle, vole, ensanglante l'espace
Où des Républicains, écrasés sur sa trace,
Les premiers bataillons expirent foudroyés.
Ceux qui restaient debout reculent effrayés.
Au devant de leurs pas Hoche se précipite:
— Lâches! où fuyez-vous? — Sa valeur les excite;
Trois fois il les rallie, et trois fois emportés,
Leurs membres palpitans pleuvent à ses côtés.
— Ah! Transfuge maudit, voilà donc ta promesse! —
Et l'obus meurtrier tonnait, frappait sans cesse,
Et des rangs balayés dispersait les débris.
La foudre, les éclairs, le tumulte, les cris,
Les soldats, au milieu des torrents de fumée,
Montrant leurs fronts noircis sur la ligne enflammée,

Les morts, le bruit des flots, les vents, le choc du fer,
Tout semblait retracer des scènes de l'enfer.

Les Bannis triomphaient... Mais dans le ciel moins sombre,
Les premiers feux du jour qui luttent avec l'ombre,
De la poudre et du sang dissipant les vapeurs,
Sur le champ du carnage ont jeté leurs lueurs;
Et les pâles rayons de la suprême aurore
Éclairent les replis d'un drapeau tricolore
Que le vent agitait sur les créneaux du Fort.
Cet aspect, du combat change bientôt le sort.
Il ne reste aux Proscrits qu'à tomber avec gloire!
Et le Républicain jette un cri de victoire.

Ainsi qu'on voit des loups, rassemblés en troupeau,
Attaquer, harceler un superbe taureau,

Malgré le feu qui sort de ses larges narines,
Et ses mugissements ébranlant les collines;
C'est en vain que ses yeux font briller leurs éclairs,
Vainement il déchire, il lance dans les airs
Ses cruels ennemis, brise leurs dents avides,
Ou foule aux pieds les corps dont ses cornes rapides,
En trompant son courroux, n'ont pas ouvert le flanc.
Il court, bondit, s'abat, se relève sanglant,
Frappe l'air, et du pied fait voler la poussière;
Mais des loups affamés la rage meurtrière
Le poursuit, en poussant des hurlements affreux.
Attachés, suspendus à ses jarrets nerveux,
Dans un cercle de mort les monstres l'emprisonnent;
Il se roule, il combat, ses forces l'abandonnent,
Il tombe et meurt... Il meurt, et ses flancs dévorés
Jonchent le sol fumant de lambeaux déchirés.

Tels, les Républicains s'élançant vers la foudre,
Haletants, et souillés par le sang et la poudre,
Sur les corps des mourants, à travers les débris,
D'un triple mur d'acier entourent les Proscrits.
Sur leurs flancs hérissés le fer luit, l'airain gronde;
Le cercle se resserre, et sa masse profonde,
Comme un torrent fougueux dévastant les sillons,
Sur les rangs qu'elle abat se jette en tourbillons.
Des Soldats de l'Exil la lutte fut terrible.
Dans les lieux où la mort se montre plus horrible,
Où l'agonie est courte, où des corps mutilés
Sur les foudres éteints roulent amoncelés,
Là, s'élève des Lis la royale bannière;
Là, proclamant leurs Rois en mordant la poussière,
Les Bannis de leurs corps lui faisaient un rempart,
Et la cherchaient encor de leur dernier regard.
Cent fois elle tomba déchirée et sanglante,
Et cent fois du soldat la main faible et mourante

Au soldat qui survit en légua le lambeau.
Immolés tour à tour sur ce vaste tombeau,
On les vit tous, couchés sur leur dernier tonnerre,
Mourir en l'embrassant, comme on embrasse un frère.
— Voyez-vous ce sentier de noirs rochers couvert?
C'est par-là qu'à la fuite un chemin est ouvert;
Républicains! il faut que la lutte s'achève!
Que nul de ces Proscrits n'échappe à votre glaive;
Allez! — On obéit, on court... Soins superflus!

Du nom sacré des Rois l'air ne retentit plus.
Dans les rangs ennemis, où les poussait la rage,
Les glaives teints de sang n'ouvrent plus un passage.
Pas un bras n'est resté, pour élever aux cieux
De l'étendard des Lis les lambeaux glorieux.
Sous ces monceaux de morts, sous ces feux qui s'éteignent,
Plus de cris menaçants, plus de voix qui se plaignent,

Et le Républicain, portant partout ses pas,

Cherche un homme à combattre, et ne le trouve pas.

Que sont-ils devenus, ces Proscrits formidables?

A les voir résister ils semblaient innombrables,

Et, tels qu'un vain fantôme, ils se sont dissipés!

Comment? Par quel chemin se sont-ils échappés?

Transfuge, réponds-moi, connaissais-tu leur nombre?

— Oui, trois cents exilés ont combattu dans l'ombre.

— Quoi! seuls, ils opposaient des efforts si puissants? —

Oui, seuls! – Comptez les morts; combien sont-ils? – Trois cent

Quatrième Vendéenne.

Le Désastre. La Capitulation.
Les Captifs.

Le Désastre. La Capitulation. Les Captifs.

Le Désastre.

— AMI, n'entends-tu pas ce son qui, dans l'orage,
Se mêle au bruit des flots brisés sur le rivage?
— Non; le fracas des vents cause seul ton réveil;
Sur la foi des TROIS-CENTS livrons-nous au sommeil.

— Que ne puis-je écarter un sinistre présage !
J'accourais vers les lieux chéris
Où dans les pleurs m'attend ma mère ;
Du songe à mes côtés assis
J'ai vu fuir la douce chimère. —

Ainsi, de cette nuit pressentant les revers,
Un Proscrit, en sursaut réveillé sous sa tente
Par des sons étrangers aux orages des mers,
Redoutait du sommeil la douceur imprudente.

— Mais, silence! ce bruit, devançant le matin,
Retentit coup sur coup comme le glas lointain
De la cloche des funérailles.
Il redouble, il approche, il n'est que trop distinct ;
Aux armes ! c'est la voix du bronze des batailles.

Où sont pour nous guider nos chefs et nos drapeaux? —
Dans ces lieux où l'airain éclate sans repos,
Où des Républicains s'étend la ligne immense,
Où le combat fini sans cesse recommence,
Vous les trouverez tous !...Vos Chefs sont tous soldats ;
Ils luttent pour mourir! Aux efforts de leurs bras,
Reconnaissez la place où la blanche bannière
Se couvre, sur des morts, d'une gloire dernière.
Là, tombent Lamoignon, Talhouet, d'Hervilly;
Là, dans les bras du fils le père est recueilli;
Là, le frère qui meurt est vengé par son frère;
Des amis, des parents, dans leur sainte fureur,
A travers les débris dont la terre est jonchée,
Pas à pas, pied à pied, disputent au vainqueur
Des parents, des amis la dépouille arrachée.

De cantiques pieux l'air redit les accents.

A leurs larges chapeaux, â leurs habits de bure,
Au rosaire, à la croix pendant sur leur armure,
Les reconnaissez-vous, ces braves paysans,
Ces Bretons, héritiers du glaive de Lescure,
Trahis par la victoire aux plaines de Chollet?
On les dirait encor dans leurs champs de genêt.
A balayer leurs rangs la foudre en vain s'apprête;
Ils tombent à genoux... Au-dessus de leur tête
Le boulet, en sifflant, passe sans les frapper.
Ces héros à la mort voudraient-ils échapper?
Pour qui ne peut plus vaincre, est-il si doux de vivre?
Ah! d'un plus saint espoir leur courage s'enivre;
Et le Républicain, dans ses rangs consternés,
Les verra s'élancer sur les chars de la guerre,
Et là, se cramponnant de leurs bras acharnés,
Des bronzes impuissants étouffer le tonnerre.

Mais par le nombre encore ils furent accablés.
Ils combattaient, fuyaient, s'arrêtaient, et la bombe
Qui creuse un sol fumant, rebondit et retombe,
Du salpêtre et du fer, dans ses flancs recélés,
Vomissait les éclats sur leurs rangs mutilés.
Chaque fois, cependant, qu'un arbre, une chaumière
Au Soldat Vendéen présentait un abri,
Proférant de son Roi le nom saint et chéri,
On le vit commencer une lutte dernière.
— Rends tes armes, soldat! rends-toi! — lui disait-on.
Et toi, rends-moi mon Dieu! — répondait le Breton,
Soulevant à demi son corps sur la poussière.
Il retombait mourant, et pressait sur son sein
Ses armes et du Christ le symbole divin.

Tout fuit, tout se confond, tout se presse, et la foule
Que poursuivent le fer, la flamme et les débris,

Poussant de lamentables cris,
De la rive aux rochers en tumulte se roule.
Mille bras vers la mer dirigent leurs efforts.
Un seul navire, un seul, glissait sur l'onde amère.
Il approche, il arrive, il a touché les bords :
— Emportez mon enfant! — s'écriait une mère.
— Sauvez, sauvez nos chefs blessés dans le combat,
C'est à nous de rester! — s'écriait un soldat.
Fendant les flots pressés de la foule incertaine,
Tout courbé sous le poids de son noble fardeau,
De son Chef respirant à peine
Et comme en un linceul roulé dans un drapeau,
Un vieux guerrier Breton sur les sables se traîne.
— Imitez-moi, dit-il, et que sur ce vaisseau
Nos objets les plus chers franchissent les abîmes! —
Et bientôt les vieillards, les mères, les époux
S'éloignent tour à tour et s'offrent pour victimes.
Lutte noble et sacree! ô dévoûments sublimes,

Où le trépas lui seul peut faire des jaloux!

Mais les ponts du léger navire
Ont crié sous le poids dont ils sont surchargés.
Les câbles sont rompus, il part, il se retire,
Et les derniers regards sont près d'être échangés.

— Adieu, sainte patrie! adieu, terre de France!
Et vous qui pourrez vivre où vivaient nos aïeux!
De vous revoir sous d'autres cieux
Nos cœurs chériront l'espérance.

— Adieu, vous qui voguez vers de lointains pays!
Lorsque vous reverrez cette funeste plage,
Déjà, par les vents de l'orage,

Sur les sables de ce rivage,
Nos ossements seront blanchis. —

Et les vents emportaient leurs plaintes,
Et le vaisseau fuyait toujours,
Et roulant dans leurs voix éteintes,
Des pleurs le suivaient dans son cours.

Accourant furieux vers la foule plaintive,
Devancé par la foudre et le glaive à la main,
Le vainqueur dans ses rangs s'ouvre un large chemin,
Et comme des épis les couche sur la rive.

Éloignez de mes yeux ce spectacle d'horreur!
Ces vieillards égorgés, ces vierges gémissantes

Dérobant, pour mourir, leurs formes ravissantes
    Sous les voiles de la pudeur;
    Ces enfants muets de terreur;
    Ces mères pâles, désolées,
Détournant sur leur sein, de leurs mains mutilées,
Le fer qui de leur fils devait percer le cœur;
Ces soldats foudroyés, et tout ce peuple en larmes
Qui glisse dans le sang et roule sur des morts;
Et ces bras convulsifs qui, frappés sur les armes,
Font pour les ressaisir d'inutiles efforts.

    Parmi les torrents de fumée,
Quelle invisible main protége ce Vieillard?
Son port est noble et fier, et calme est son regard;
Il marche en conquérant sur la plaine enflammée.
Est-ce un Homme? est-ce un Dieu? Saisi d'un saint respect,
Le trépas semble fuir à son auguste aspect;

Brillants à ses côtés, le mousquet ni le glaive
N'ont jamais dans le sang vengé le sang des Rois :
C'est René, c'est un Prêtre, et le bras qu'il soulève
        N'a d'autres armes qu'une croix.
Penché sur les mourants, il bénit et console ;
Le pardon, à sa voix, descend du haut des cieux;
Le soldat expirant sourit à sa parole,
Et baise de la Foi le signe radieux.
— Pour l'immortel séjour, partez, foule chrétienne !
Tout Soldat est Martyr sur l'homicide arêne,
Tout Martyr est lavé par son sang glorieux ! —

Des sapins embrasés que le vent déracine,
Quand les troncs dépouillés ont couvert la colline ;
Quand les flots du torrent inondant les vallons,
Dans leur rapide cours ont détruit les moissons ;
Sur les débris épars, dans nos tristes campagnes,

Au fond de la vallée, au sommet des montagnes,
    Le silence succède au bruit
    Des pins qui roulent dans l'abîme,
Des tonnerres lointains grondant de cime en cime,
    Et du torrent fangeux qui fuit.
Ainsi, sur le rivage où, de son aile immense,
    La Mort plane comme un vautour,
Au bruit dont gémissaient les échos d'alentour
    Succède un lugubre silence.
L'Océan soulevé n'agitait sur ses eaux
Que des membres sanglants, des têtes palpitantes,
Des vêtements souillés, des dépouilles fumantes,
    Des cadavres et des lambeaux.

La Capitulation.

Sous ces murs, dont l'Exil avait peuplé l'enceinte,
Où le plomb a laissé son homicide empreinte,
Voyez-vous ces créneaux à demi renversés?
Par le choc des boulets ces débris dispersés?
Là, de mille Exilés la cohorte fidèle
Durant un jour entier se rangea pour mourir;
Là, des Républicains arrêtés devant elle,
A son sang répandu le sang devait s'unir;
Mais la foudre manquait au regard qui la guide.
Et pourtant, du combat qui lui sera fatal,
Le Proscrit épuisé, mais toujours intrépide,
Comme s'il devait vaincre, attendait le signal.
Une voix s'éleva qui parlait d'espérance.
On lui répond en vain par un cri de douleur;

Vers les rangs ennemis un Exilé s'élance,
Et d'un tissu de lin fait flotter la blancheur;
Il s'arrête... Vers lui s'avance le vainqueur,
Et de ces mots pressés leur rencontre est suivie:

—Que veux-tu?—Rien pour moi.—Pour tes frères?—La vie.
—Le sénat veut du sang pour sauver les proscrits.
—Et pour leur liberté? —Du sang en est le prix.
—En quels lieux pourront-ils chercher une demeure?
—Dans les pays lointains.—En quel temps?—Dans une heure.
—Tous seront-ils sauvés?—Un seul mourra pour tous.
—Un seul! qu'il est heureux!—Va, n'en sois pas jaloux.
Sais-tu bien à quel prix cette faveur s'achète?
—Qu'importe!—Le sénat demande...—Quoi?—Ta tête.
—Elle est à lui!—J'accepte.—Eh! quel est ton serment?
—La liberté que j'aime. Et le tien?—Ma parole,
Et du Dieu des chrétiens le glorieux symbole.

— C'est assez ! Accomplis ton noble dévoûment.
— Et toi, garde ta foi. — Ma main en est le gage.
— Et la mienne à son tour est un sûr témoignage.

Quel est-il ce héros qui, brillant, plein de jours,
Ainsi qu'un Machabée, abandonne sa vie?
N'est-elle qu'un fardeau, pour qu'il la sacrifie?
Serait-elle pour lui sans bonheur, sans amours?
Hélas! la veille encor, sa belle fiancée
Des fleurs de l'oranger décorait ses cheveux,
Et sa voix, à l'autel, doucement oppressée,
D'un hymen riche et pur devait bénir les vœux.
Laisse tomber ces fleurs dont tu pares ta tête,
Toi, qu'on devait nommer l'épouse de Sombreuil;
Oh! pleure, infortunée! à ta robe de fête
La mort doit attacher les voiles du cercueil.

Sombreuil! nom malheureux, race à jamais illustre,
Qui, deux fois par le sang, racheta des martyrs!
Sombreuil! tu meurs, à peine à ton cinquième lustre,
Et tu n'as exhalé ni regrets, ni soupirs.
Du vainqueur aux proscrits tu portas les paroles;
Leurs armes ont frémi dans leurs bras indignés,
Des pleurs du désespoir leurs yeux se sont baignés,
Et de vivre par toi c'est toi qui les consoles...
A leurs revers, enfin, ils se sont résignés!

Il faut donc l'accomplir cette horrible promesse,
Ce pacte affreux du sang! l'heure fatale presse;
A pas lents, désarmés, s'avançant vers les flots,
Les Proscrits, chargés de tristesse,
D'un regard inquiet interrogent les eaux.
Vous allez vers la mer, insensés que vous êtes!
Vous invoquez les vents!... Les vents et les tempêtes

Ont porté loin du bord vos rapides vaisseaux;
Qu'espérez-vous? Bientôt, dans sa féroce joie,
Un Décemvir cruel réclamera sa proie.
—Un navire! —Il cinglait sur l'Océan profond;
Mais il s'éloigne, il fuit, se perd dans l'horizon.
Un drapeau suppliant vainement se déploie;
A ses signaux rien ne répond.

Et tu vois sans frémir ce spectacle funeste,
Albion, Albion! entends ces cris plaintifs!
Pourquoi t'éloignes-tu? Sur tes légers esquifs,
Reçois des Exilés le déplorable reste!
Tu pouvais les sauver, tu les laissas captifs!!!
. . . .
. . . .

Les Captifs.

Elle a fui sans retour l'heure lente et dernière
Du rêve de la vie et de la liberté!
Le Vainqueur entraîna la tribu prisonnière.
Se couchant dans sa gloire et dans sa majesté,
Projetant sur les mers sa mourante lumière,
Le soleil a fait place à l'étoile du soir,
Comme si de la nuit le voile épais et sombre,
Seul, à la Trahison devait prêter son ombre.

En revoyant les lieux où, dans un autre espoir,
Naguère, de leur camp la tente fut dressée,
Des Exilés captifs l'âme était oppressée.
Un jour avait suffi pour changer leur destin!

Leurs pas avec horreur franchissent cette plage,
Toute fumante encor des traces du carnage,
Où des loups affamés, du soir jusqu'au matin,
Disputeront aux vers leur dégoûtant festin.
Là, des mourants, levant leur tête appesantie,
Ou traînant de leur corps à peine une moitié,
Pour étancher leur soif, dans leur lente agonie,
Imploraient un peu d'eau d'un reste de pitié.
D'autres, à leur blessure espérant de survivre,
Se dressaient sur des morts, tels qu'un spectre sanglant,
Parmi les prisonniers venaient prendre leur rang,
Et, cherchant un appui, s'efforçaient de les suivre.
Ils ont revu l'autel où, priant pour son Roi,
René, captif comme eux, a béni leur pavoi,
Penthièvre, où des trois-cents plane l'ombre héroïque,
Et Carnac, souvenir de l'âge druïdique,
Où, pour les recevoir, de leurs forêts sortis,
Les Bretons redisaient leurs hymnes de victoire.

Ces cœurs qui tressaillaient à l'espoir de la gloire,
Ce peuple, ces soldats, cherchez-les! Où sont-ils?
Heureux qui peut comme eux joindre, quand il expire,
Aux lauriers du combat les palmes du Martyre!

La lune se levant sur les monts Saint-Michel,
A l'horizon lointain que son croissant éclaire,
Laisse voir de Camor la forêt solitaire,
Landevan, Josselin, Vannes et Ploërmel.
Captifs! saluez-la cette terre chérie,
Cette terre d'honneur, de gloire et de féerie,
Où Duguesclin de Blois relevait l'étendard,
Où Clisson terrassait l'insolent léopard;
Ce pays de combats, cette vieille Armorique,
Où l'âme s'agrandit au souvenir magique
Des tentes de Maxime et du camp de César.
Salut! terre des preux, par leur sang fécondée,

Où croît le dévoûment comme un fruit de ton sein;
Où brave, jeune et beau, LAROCHEJAQUELEIN
Conduisit les débris de la noble Vendée;
Où, des TINTINIAC les arbres de Camor,
De siècle en siècle, ont vu les combats et la mort;
Où, sur le tertre vert qui recouvre leurs frères,
Des soldats, que bientôt attend le même sort,
Apportent leurs regrets et des croix funéraires!

Les Captifs s'inclinaient sur ces gazons épars.
Les pelouses d'Hellean s'offrent à leurs regards.
Sur leurs fronts prosternés brille une sainte joie,
Et pourtant, à leurs pieds, s'élevaient des tombeaux
Qu'un vieux chêne ombrageait de ses vastes rameaux.
—Gloire aux trente Bretons, c'est l'arbre de Mi-Voie!
S'est écrié SOMBREUIL; et tombant à genoux,
Les Vainqueurs, les Captifs, courbés dans la poussière,

Ont murmuré des morts la touchante prière.
Un seul ne pria point !... Seul au milieu de tous,
Le sombre Décemvir leva sa tête altière.
Sombreuil, alors, Sombreuil, de la foule entouré,
Dit par quels souvenirs cet arbre est consacré;
Il nomme de Montfort l'héroïque compagne;
Il raconte Brembro dévastant la Bretagne,
Les trente Anglais vaincus par les trente Bretons;
Il dit de Beaumanoir les forces épuisées,
Les ardeurs de sa soif dans son sang apaisées,
Et des trente vainqueurs il proclame les noms,
Les hauts faits, le bien-dire et les grands coups de lance.
Il parlait, et la foule écoutait en silence.

— Sur cet arbre, témoin de ces exploits fameux,
Des siècles sont passés, dit-il, et d'âge en âge
Un souvenir de gloire illustra son ombrage.

D'autres siècles peut-être auront passé comme eux,
Qu'un jour, se reposant sous ce noble feuillage,
Un voyageur dira, non sans verser des pleurs :
C'est ici, qu'un moment oubliant ses douleurs,
Autrefois, a prié cette tribu captive
Qui, fidèle à son Dieu, combattit pour ses Rois.
Et peut-être, à son tour, priant à cette croix,
Et cherchant de nos pas la trace fugitive,
Il mêlera vos noms aux noms de ces héros,
Dont son pieux hommage aura béni les os. —

Touchés de ces accents, appuyés sur leurs armes,
Eux-mêmes les vainqueurs laissaient couler leurs larmes.
— Lâches Républicains, leur dit le Décemvir,
Éloignez-vous !... Marchez, vils soldats, dont les âmes
Se laissent émouvoir par ces propos de femmes !
Cet arbre va tomber avec son souvenir;

J'y veux porter la hache! Il s'écriait à peine,
Que, prompts comme l'éclair, rangés autour du chêne,
Les Captifs de leurs bras ont enlacé le tronc.
Le poli de la hache a brillé sur leur front.
Des rameaux frémissants s'élève un sourd murmure;
L'air paraît ébranlé du choc des boucliers,
Des lances, des poignards brisés contre une armure,
Et des casques foulés sous les pieds des coursiers.
Sillonnant tous les points de l'immense étendue,
Aux yeux du Décemvir des feux vengeurs ont lui,
La hache entre ses mains demeura suspendue,
Et la terre sembla se dérober sous lui.
Une voix retentit, qu'on n'a plus entendue.

—De tout ce qui fut saint, illustre et révéré,
Des plus belles vertus persécuteur impie,
Comme un reptile, insulte à cet arbre sacré,

Attache à nos grands noms ta superbe infamie,
Qu'importe! l'avenir dépend-il d'un tombeau?
En peux-tu retrancher, comme un faible rameau,
L'éclat que notre mort jeta sur notre vie?
Tremble, ton règne expire!... et le ciel de tes jours
Aux horreurs du besoin livrera le long cours.
Et vous, qu'il faut trahir si l'on veut vous abattre,
Vous, qui devez mourir ne pouvant plus combattre,
Captifs, dignes enfants de vos nobles aïeux,
Consolez-vous! La mort est le prix de la gloire;
        Sur les lauriers de la Victoire
La palme des Martyrs l'emporte dans les cieux. —
La voix se tut alors, et tout rentra dans l'ombre.

Du pouvoir inconnu qui l'avait terrassé,
Enfin, le Décemvir se sent débarrassé.
Pâle, sur les Captifs il jette un regard sombre,

Et son bras menaçant leur montre le chemin.

Du rire de l'enfer, quand il comptait leur nombre,

L'infâme accompagnait le geste de sa main,

Et sa bouche, tout bas, murmurait : A demain !

Cinquième Vendéenne.

Le Temple. Le Champ des Martyrs.

Le Temple.
Le Champ des Martyrs.

Le Temple.

LA nuit couvre d'AURAY les antiques remparts.
(AURAY, sombre cité que le deuil environne,
Où la cloche d'alarme incessamment résonne.)
Pressant les pas tardifs des habitants épars,
De Licteurs en haillons les farouches cohortes,
De la ville, en tumulte, ont inondé les portes.

Ébranlé sous le poids des coursiers et des chars,
Le pavé retentit; et des torches sans nombre
Se croisent dans les airs, étincellent dans l'ombre,
Et leurs feux vacillants sont au loin réflétés.
Par d'infâmes soldats les Captifs escortés
S'avançaient, invoquant une Sainte Promesse;
Mais leurs yeux vainement, dans ses murs désertés,
Cherchent d'un œil ami la plaintive tristesse :
Le peuple, des Tyrans redoutant la fureur,
Derrière les vitraux de sa sombre demeure,
Compose son maintien, ou muet de frayeur,
S'enferme pour gémir, voile son front et pleure.

Le cortége sinistre a ralenti ses pas.
Il s'arrête à l'aspect d'un monument immense
Qui s'élève dans l'ombre, et grandit et s'élance.
Les portes sur leurs gonds roulent avec fracas;

Les torches, par degrés, s'éloignent et pâlissent;
Sous les pas des Captifs les voûtes retentissent,
Et le seuil est couvert d'armes et de soldats.

C'est d'un temple divin l'enceinte profanée,
Qui reçoit de l'Exil la Tribu condamnée.
Depuis les jours affreux où les prêtres chassés,
Poursuivis par les cris d'une race maudite,
Virent pleuvoir, hélas! sur leur tête proscrite,
Les éclats assassins des marbres dispersés,
Le temple est resté vide; et l'autel sans mystère
N'avait plus respiré les vapeurs de l'encens.
Du marteau destructeur les coups sourds et pesants
Avaient seuls réveillé l'écho du sanctuaire.
Ils ont brisé la toile où des Pinceaux sacrés
Du Christ ressuscité retraçaient le miracle,
Et le bois qu'animaient des Ciseaux inspirés,

Qui de pampre et de fleurs ornaient le tabernacle.
Dans ces murs où jadis d'innombrables flambeaux,
Comme des sillons d'or prolongeant leur lumière,
De colonne en colonne et d'arceaux en arceaux,
Inondaient de clartés tout un peuple en prière,
Seule, une lampe veille.... et sa faible lueur
Sur des fronts abattus fait mouvoir sa pâleur.

De longs gémissements se perdaient sous la voûte.
Des Blessés, dont le sang s'échappe goutte à goutte,
L'un sur l'autre entassés, consumés par la faim,
Dans cette enceinte ouverte aux vents froids et rapides,
N'ont pour se reposer que les pierres humides.
Quelques voix s'élevaient qui demandaient du pain.
Du pain? Infortunés! et vos regards livides
Se tournent vers Sombreuil, qui tressaille à ces mots.
Du pain?... il n'en a pas... il partage vos maux;

Oubliant ses revers, il pleure de vos larmes.
Ah! vous le savez bien, vous que la Trahison
A mis sous les verroux d'une étroite prison,
C'est dans un autre espoir qu'il déposa ses armes :
Il voulait mourir seul!... Assis sur un tombeau,
Comme sur un autel prêt pour son sacrifice,
Il hâte de ses vœux l'heure de son supplice;
Peut-être il s'abandonne à quelqu'espoir nouveau...

Les mains avec ferveur contre son sein pressées,
Ses regards, à travers les couleurs effacées
D'une image naguère empreinte sur le mur,
Distinguaient les longs plis d'une robe d'azur,
Un front majestueux et couronné d'étoiles,
Et des yeux souriant sous la blancheur des voiles.
Dans les bras d'une femme un enfant gracieux,
Emblême consolant, du doigt montrait les Cieux.

Rose Mystérieuse, Arche de l'Alliance,
Étoile du Matin qu'invoque la Souffrance,
C'est vous que de SOMBREUIL devinèrent les yeux.
Attachant, comme lui, sur le mur qu'il contemple,
Leurs regards, où la Mort de l'Immobilité
Semblait graver déjà l'horrible fixité,
Les Captifs, inclinés sur les parvis du temple,
De Marie, en priant, ont murmuré le nom.
La voûte retentit de l'hymne des louanges
Consacré par l'Église à la Reine des Anges;
Le Pontife commence et la foule répond.

Mais les chants ont cessé.... la prière s'achève.
Du milieu des Captifs, soudain RENÉ se lève:
L'Esprit de l'Avenir rayonne sur son front.

« Dieu marche sur les flots ; il commande aux tempêtes ;
Et l'Espace et le Temps reconnaissent ses lois ;
Il terrasse l'Impie enivré dans ses fêtes ;
Il rend la Force au Faible et relève les Rois ;
Ces temps s'accompliront !... Les Français se réveillent ;
    Un Aigle immense fend les airs,
    Et sur des Tigres qui sommeillent
    Un Soldat-Roi jette des fers.

De gloire et de forfaits quel horrible assemblage !
Vincennes, de quel sang ton mur est inondé !
N'entends-je pas gémir l'ombre du grand Condé ?
Quel est ce Roi trahi ? Fiers enfants de Pélage,
Vengez-le, vengez-vous ! O Reine des cités,
Rome, qu'as-tu donc fait de tes solennités ?
Anathême ! anathême au Soldat sacrilége
Qui fait plier sous lui les genoux chancelants,

Et profane les cheveux blancs
Du Pontife sacré que sa fureur assiége.

Voyez ce terrible Géant
Dresser au haut des monts sa tête ensanglantée!
Il étreint de ses bras l'Europe épouvantée;
A sa voix répond le Néant.
Dans ses mains gronde le tonnerre,
Il marche, il ébranle la Terre,
Il boit les pleurs de l'Orphelin,
Ses yeux sortent de leur orbite,
Il se roule, il se précipite
Du Cénis au Danube et du Tage au Kremlin.
De ses pieds l'Europe est frappée,
Et d'innombrables légions,
Sur la tête des nations
Promènent leur vaillante épée.

Quel Pouvoir agrandit l'empire de la Mort?
Ta Jeunesse guerrière, ô France, où donc est-elle?
Elle part courageuse et belle,
Et déjà la glace du Nord
Sur ses cadavres s'amoncelle.

O France, où sont tes boucliers?
Où vont ces hideux cavaliers,
Enfants de la sombre Scythie?
Deux fois, pour te punir, leurs sauvages coursiers,
Foulent victorieux le sol de la Patrie.

Prenant son dernier vol aux lueurs des éclairs,
Traînant l'anneau brisé de la chaîne du Monde,
Au bruit de sa foudre qui gronde,
L'Aigle tombe abattu sur des rochers déserts:

Ouvrez-vous, Temples ! Saints Portiques !
Vieux Palais de nos Rois ! Tombeaux de Saint-Denis !
Cathédrale de Reims, sous tes voûtes antiques
Reçois l'héritier de Clovis.

Enfant, né du Martyr dont la mort est féconde !
Enfant, qui d'Athalie as trompé la fureur,
Grandis pour le repos du Monde,
Grandis à l'ombre du Seigneur !

Nos yeux ne verront pas cette merveille auguste.
Réjouis-toi, pourtant, toi qu'un arrêt injuste
Au mépris des traités se prépare à punir !
Réjouis-toi, Captif ! car si, dans l'avenir,
Dieu, qui veut mesurer les peines à l'offense,
Par d'éclatants revers se laisse enfin fléchir,

C'est que déjà ton sang, pesé dans sa balance,
Aura désarmé la vengeance
Que ne pourrait plus seul calmer le repentir. »

❀

Le Pontife se tut. Cette voix d'un Prophète,
Sur les bords du Tombeau parlant d'Éternité,
Ces jours de longs malheurs changés en jours de fête,
Ce peuple tout entier par le sang racheté,
Tout console, tout charme ! Acceptant avec joie
La palme des Martyrs que le Ciel leur envoie,
Les Captifs, à genoux, dans un simple abandon,
Des erreurs de leur vie implorent le pardon.
Le Pontife sur eux levait sa main sacrée,
Et ces mots s'échappaient de sa bouche inspirée :
« Au nom du Trois fois Saint, Chrétiens, je vous bénis !
» Au nom du Dieu Sauveur, vos péchés sont remis ! »

La nuit fit place au jour. Mais la nouvelle aurore
Semblait voir à regret ces murs qu'elle colore;
Des vitraux en éclats les diverses couleurs
N'en réfléchissaient plus les mobiles lueurs.
A ses jeux innocents, à ses amours fidèle,
Dans le temple sacré, qu'elle croyait désert,
Se glisse, en voltigeant, la rapide hirondelle;
Mais le Peuple captif à ses yeux s'est offert :
A travers les barreaux qu'elle bat de son aile,
Libre dans son essor, elle fuit vers les cieux.
« Symbole de l'Exil, dit une voix plaintive,
» Pourquoi t'éloignes-tu de la Tribu captive ?
» Peut-être, hier encor, les toits de nos aïeux
» Ont reçu de tes sœurs la troupe fugitive.
» Peut-être que c'est toi qui portes suspendus,
» Ou les anneaux d'argent, ou les soyeux tissus
» Qu'attachaient à tes pieds mon épouse et ma fille.
» Dans les pays lointains, où m'attend ma famille,

» Comme toi, j'étais libre. En cherchant d'autres cieux,
» Retourne vers les Miens... porte-leur mes adieux! »

Dès que du jour naissant les feux étincelèrent,
De subites rumeurs dans AURAY s'élevèrent.
Le peuple ne parlait que d'illustres revers,
De serments violés, de Proscrits dans les fers.
Déjà, couvrant le seuil des portes insensibles,
La foule, en gémissant, implorait les bourreaux,
Ou trompant la rigueur des geoliers inflexibles,
Elle se suspendait à l'airain des barreaux.
La pitié dans les cœurs a remplacé la crainte.
Des regards éperdus, se plongeant dans l'enceinte,
D'un frère ou d'un ami rencontraient les regards,
Et des bras s'étendaient vers les Licteurs épars :
— Ouvrez! prenez pitié des larmes d'une mère!
— Laissez-moi consoler mon époux et mon père! —

C'est vous qui des Licteurs embrassiez les genoux;
Arrêtant le refus commencé sur leur bouche,
C'est vous dont les accents touchaient leur cœur farouche,
Femmes! Anges du ciel, exilés parmi nous,
Pour aider à mourir, pour consoler de vivre.
Quand près des affligés vous venez vous asseoir,
Oubliant les regrets, les ennuis qui vont suivre,
J'ai vu les malheureux se livrer à l'espoir.
Que de fois vos regards, dont tout mortel s'enivre,
Durant nos jours maudits d'Épouvante et d'Erreur,
Des plus sombres cachots ont pénétré l'horreur!
Dites-nous d'où vous vint ce sublime courage
Qui bravait des tyrans les poignards et la rage,
Quand tout tremblait, fuyait à l'aspect du trépas?
Quel Pouvoir invisible affermissait vos pas,
Alors qu'abandonnant vos courtines de soie,
Aux Justes dans les fers prodiguant des secours,
Vos soins affectueux, vos consolants discours,

Sur des fronts consternés, au désespoir en proie,
Ramenaient le courage et presque de la joie?
Venez, Femmes! Jamais de plus nobles douleurs
Dans vos yeux attendris n'appelleront des pleurs.

Du temple, où sans espoir gît la Tribu souffrante,
La porte cède enfin à leur voix suppliante.
Des Blessés, dont la mort gagnait déjà le flanc,
Leurs voiles déchirés ont étanché le sang.
Soutenant du Vieillard la tête appesantie,
De ses membres glacés ranimant la torpeur,
Leurs bienfaisantes mains, dans sa bouche flétrie,
Se hâtent de verser les flots d'une liqueur
Qui rappelle des sens la chaleur fugitive;
Et quand sa main répond à leur main attentive,
Quand un souffle léger, quand un regard, qui luit
Comme un pâle rayon se glissant dans la nuit,

Annonce l'existence, et bannit leurs alarmes,
Un sourire divin brille à travers leurs larmes.

Mais n'entendez-vous pas tout à coup retentir
Ce long cri de douleur que suit un long soupir?
Oh! ne voyez-vous pas, triste, décolorée
Et les cheveux épars, cette mère éplorée
Dont une jeune vierge accompagne les pas?
Vers son enfant captif elle tendait les bras :
— Mon fils! — a-t-elle dit; et sa voix s'est perdue.
De la mort sur ses traits l'ombre s'est répandue;
Elle chancelle, tombe... et le parvis glacé
Résonne sous le poids de son corps renversé.

— Toi qui ne pus mourir quand tu vengeais ton père,
Accours, jeune Exilé, viens consoler ta mère,

Talhouet! reçois-la dans tes bras caressants.

— Hélas! que voulez-vous de mes pauvres enfants?

C'est à moi de mourir... Je n'ai plus de famille!

— Ma mère, que dis-tu? C'est ton fils, c'est ta fille

Qui te baignent de pleurs; oh! reconnais leur voix!...

Et le frère et la sœur l'appellent, lui répondent;

Sur le sein maternel se pressant à la fois,

Leurs baisers, leurs soupirs, leurs accents se confondent.

Dans les bras l'un de l'autre ils passaient tour à tour,

Et les Captifs, émus par ces larmes d'amour,

A des pensers amers abandonnaient leurs âmes...

Ils pleuraient, en songeant que parmi tant de femmes,

Une Mère, une Sœur n'étaient pas auprès d'eux

Pour recueillir ainsi leurs suprêmes adieux.

Du Sénat, cependant, inflexible ministre,

Un geolier aux Captifs porte un ordre sinistre.

BIBLIOTHEQUE ROYALE

C'en est fait!... ils ont fui ces rapides moments,
Où d'une mère en deuil les doux embrassements,
Où les soins généreux de femmes magnanimes
Semblaient à leurs bourreaux disputer les victimes...
Mais dans la foule encore on entend retentir
Ces mots : Mon fils!... mon fils, c'est à moi de mourir!

Semblable au grondement de la foudre lointaine,
Ébranlant les vitraux, dans la sombre cité
Des lugubres tambours le roulement se traîne.
Et bientôt, dispersant le peuple épouvanté,
On voyait accourir de hideuses cohortes.
Du temple, en rugissant, elles ouvraient les portes;
Leur rage du Sénat accusait les lenteurs,
Et leurs mains agitaient les mousquets destructeurs.
Offerts comme en spectacle à leurs regards avides,
Les Captifs entendaient leurs clameurs homicides.

Tels, les premiers Chrétiens, dans le cirque entraînés,
Entendaient les accents d'une féroce joie
Et les rugissements des tigres déchaînés,
Attendant le signal de dévorer leur proie...

Un Licteur, qui du temple avait franchi le seuil,
S'adresse aux Exilés : — Qui de vous est SOMBREUIL ?
— C'est moi! — Viens. — Je te suis!... Amis, séchez vos larmes;
Le Vainqueur par ma mort commençant le traité,
S'oblige à l'accomplir par votre liberté.
Mais, s'il trahit l'espoir qui lui livra nos armes,
Nous en appellerons au tribunal de Dieu!
Pardonnez-moi vos maux : Je vais mourir... Adieu!

Et SOMBREUIL s'éloigna... Dans la lugubre enceinte,
Aux regards des Captifs élevant la Croix sainte,

Le Pontife divin, une dernière fois,
Pour prier et bénir, fit entendre sa voix;
Car un nouveau Licteur, du parjure complice,
L'emmena triomphant vers le champ du supplice!

Le Champ des Martyrs.

Sur les bords d'un marais dont les dormantes eaux
Reflètent dans leur sein les monts qui l'environnent,
Non loin des murs d'Auray que leurs sommets couronnent,
Dans un vallon, au pied de fertiles coteaux,
Il est une prairie et de gras pâturages
Que de hauts maronniers couvrent de leurs ombrages,
Que de Jean de Montfort et de Charles de Blois
Illustrèrent jadis les suprêmes exploits;
Là, Duguesclin, vengeant la Bretagne alarmée,
Percé de coups, et seul contre toute une armée,
Ne voulut qu'à Chandos rendre son étendard;
Là, frappé dans les yeux par la pointe d'un dard,
Olivier de Clisson fit ranger dans la plaine
Sous son marteau d'acier la victoire incertaine.

Esprit du Dieu Vivant, soufflez sur ces héros!
De ces illustres morts ranimez la poussière!
Des siècles écoulés franchissant la barrière,
Remontez tout armés du fond de vos tombeaux,
Fils des Preux! Dressez-vous sur vos champs de batailles,
Et que la vieille France assiste aux funérailles
Qu'un Parjure réserve à l'Exilé martyr.
Ne pouvant le sauver, venez le voir mourir...
Pour qu'il ne soit pas dit au Sénat sacrilége
Que les derniers vengeurs du Trône et de la Croix,
Trahis, abandonnés des Peuples et des Rois,
Descendent au cercueil sans pompe et sans cortége!

Voici l'heure!... Un drapeau, qui flotte ensanglanté,
De ses funèbres plis au loin projette l'ombre.
On entend des tambours le son précipité;
Et comme des éclairs traversant la nuit sombre,

Les rayons du soleil, dardés sur les mousquets,
Jaillissent de l'acier en menaçants reflets.
Poussant des cris de mort, à grands pas dans la plaine,
Se presse de Licteurs une horde inhumaine.
Sans désespoir, sans crainte, au milieu de ses rangs
S'avancent deux Captifs que sa fureur entraîne.
C'est un noble vieillard, Pontife aux cheveux blancs,
Dont la Foi raffermit les genoux chancelants:
Il semble à voir René marcher vers le Martyre,
Que les ans ont sur lui perdu tout leur empire;
Il sourit au trépas et bénit le Seigneur.
C'est un jeune guerrier qui, semblable au Sauveur,
Pour le salut de tous avait livré sa vie.
Avenir, Gloire, Hymen, rêves délicieux,
Au bonheur de mourir Sombreuil vous sacrifie!
Les hommes n'ont plus rien que son cœur leur envie:
Il n'est plus à la terre, il appartient aux Cieux!
Le Prêtre et le Guerrier murmuraient la prière

Qui console un Chrétien à son heure dernière,
Et le Vieillard sublime et le jeune Héros,
Faisant de saints récits, priaient pour leurs bourreaux.

Au pied d'un maronnier les Licteurs s'arrêtèrent,
Et bientôt, sur deux rangs, leurs lignes se formèrent.
S'avançant des Captifs placés contre le tronc,
Un Chef, que de SOMBREUIL attendrit le jeune âge,
Du héros, sous le lin, voulut voiler le front.
— Pourquoi de ce bandeau me proposer l'affront?
Pourquoi? La mort n'a rien qui trouble mon courage :
Jusqu'au dernier moment SOMBREUIL saura la voir.
D'une pitié stérile épargnez-moi l'outrage :
Faites votre métier, moi, j'ai fait mon devoir!
— Qu'au moins, sur le gazon, votre genou fléchisse.
— Non : je mourrai debout! Moi, que je t'obéisse!
Moi, que je m'humilie! et devant qui?... Jamais! —

A ces mots, du dédain qui dans son cœur sommeille,
Assoupie un moment, la flamme se réveille,
Une rougeur subite a coloré ses traits.
— Mon fils, dit le Pontife, avec un doux sourire,
Mon fils! pour recevoir la palme du Martyre,
Fléchissons les genoux... A d'indignes liens
Notre Roi sans murmure abandonna les siens. —
Et le noble vieillard se prosterna sur l'herbe;
Et SOMBREUIL dit alors, courbant son front superbe:
— J'abaisse mes genoux, je le dois à ma foi,
Le premier pour mon Dieu, le second pour mon Roi! —
Un signal fut donné: cent mousquets éclatèrent.
Au penchant des coteaux, sur la cime des monts,
L'écho de la vallée en prolongea les sons,
Et, baignés dans leur sang, les deux Captifs roulèrent.

Durant vingt jours entiers, traversant la cité,

Leurs frères, entraînés aux cris de liberté,
Crurent qu'on les rendait à leur chère patrie;
Mais leurs pas s'arrêtaient au fond de la prairie.
Aucun d'eux ne pâlit, quand sur des corps fumants
Ils se virent conduits par les Vainqueurs sanglants.
Simples et résignés, victimes d'un parjure,
Ces Héros succombaient sans faste et sans murmure.
La voix de la prière et des hymnes sacrés,
Dans l'humide prison s'affaiblit par degrés,
Et le peuple en passant devant la sombre enceinte,
Un jour, n'entendit plus gémir la Tribu Sainte.
Les femmes n'eurent plus de maux à secourir.
La foudre des Licteurs cessa de retentir.
Pour la séconde fois le temple resta vide;
Et les oiseaux du Ciel, de leur aile rapide,
Se glissant sous la voûte, à travers les barreaux,
Chantèrent sans effroi perchés sur les vitraux.
Nos vaisseaux dès ce jour voguèrent sans pilotes.

De la fière Albion les orgueilleuses flottes,
Tenant nos matelots prisonniers dans nos ports,
Des rives de la France insultèrent les bords,
Et bientôt, sans combats, triomphant sur les ondes,
Son Sceptre s'étendit sur les mers des Deux Mondes.

Au milieu du silence et de l'obscurité,
Quand la nuit dans les airs ramenait les ténèbres,
Témoins inconsolés de ces scènes funèbres,
Dédaignés des bourreaux grâce à leur pauvreté,
Des Bretons furent vus sous les arbres funestes
Fouiller avec respect les gazons consacrés,
Et roulant un linceul sur des corps massacrés,
De la Tribu captive ensevelir les restes.
Ainsi, quand Rome impure, aux autels des faux Dieux,
Dans le sang des Chrétiens se baignait avec joie,
Quand les bourreaux lassés abandonnaient leur proie,

On voyait dans la nuit un cortége pieux
Recueillir des Martyrs les restes précieux,
Et loin d'un peuple impie allant creuser leurs tombes,
Des dépouilles des Saints peupler les Catacombes.

On dit que dans le champ où ces Preux sont tombés,
Des Soldats, des Vieillards, des Épouses, des Frères,
Échappés du Martyre, et par l'âge courbés,
Viennent verser des pleurs; et que de pauvres Mères
Portent sur le gazon qui recouvre ces morts,
Leurs enfants affaiblis pour qu'ils deviennent forts.
Pensers religieux ! Héroïque espérance !
Ainsi, durant les temps d'une simple croyance,
Quand la Foi triomphait d'une aride raison,
Et quand l'Homme en Dieu seul mettait sa confiance,
L'Infirme, l'Indigent, invoquant un saint nom,
A l'Ermite pieux allaient conter leurs peines;

Ou, dans le fond des bois, sur les bords des fontaines,
S'il était un tombeau du peuple révéré,
On les voyait prier sur un tertre sacré,
Toucher les vêtements que portait un Saint Homme,
Et par l'heure du soir s'ils étaient rappelés,
Rentrer sous l'humble toit que recouvrait le chaume,
Moins malades souvent, mais toujours consolés.

Epilogue.

COMME un souffle embaumé de l'aube matinale,

Comme le pur encens qui sur l'autel s'exhale,

Le Seigneur accepta votre Holocauste saint,

Compagnons de SOMBREUIL, frappés dans nos orages!

S'élevant jusqu'à Dieu tel qu'un parfum divin,

Votre sang répandu ne le fut pas en vain:

Les Lis ont refleuri sur nos tristes rivages.
Nous avons vu sourire à des destins plus doux
Quelques Français de plus rappelés parmi nous ;
Et chez les vieux Bretons, couverts de cicatrices,
Où comme un feu sacré se conserva l'Honneur,
Sans demander jamais compte des sacrifices,
Un jour on entendit un long cri de bonheur.
Rassemblant les lambeaux de leur sainte Oriflamme
Suspendue en réserve aux foyers paternels,
Ils coururent, joyeux, au devant d'une femme
Qui venait visiter leurs rustiques autels :
Du Juste couronné c'était l'auguste fille.
Le peuple s'étonnait, entendant ses soupirs,
Qu'après avoir long-temps gémi sur sa famille,
Il lui restât des pleurs pour le Champ des Martyrs.
Sur cette terre alors, d'un sang si pur trempée,
Un héros, notre orgueil, l'amour de Charles-Dix,
Inclina sa royale épée,

D'un rayon de gloire frappée
Sous les murs domptés de Cadix.
Oui, la France nouvelle, en sa jeune espérance,
Des nobles dévoûments rallumant le flambeau,
Saints débris de la vieille France,
Vous devait l'honneur d'un tombeau.

Élevons jusqu'aux cieux la voûte et les portiques!
Qu'une lampe éternelle en éclaire le deuil!
Chantons l'hymne funèbre! on va rendre au cercueil
Les ossements sacrés de nos races antiques.

Monarques! de vos fronts courbez la majesté:
Ces Preux sont morts pour vous défendre.
A tes derniers neveux fais respecter leur cendre,
Peuple! c'est par leur sang que tu fus racheté.

Prêtres! bénissez leur mémoire:
Des clameurs de l'Impie ils ont vengé la Croix.
Soldats! imitez-les pour vivre dans l'Histoire.
Soldats! ils ont cueilli la véritable gloire:
Ils sont morts pour leur Dieu, fidèles à leurs Rois!

Notes.

8.

Première Vendéenne.

(Page 9, vers 4.)

Que veulent, dites-moi, ces prêtres et ces femmes ?

Le Gouvernement britannique, toujours fidèle à sa promesse de rétablir sur le trône de France le souverain légitime, avait préparé une grande expédition partagée en trois flottes.

Le 24 juin 1795, l'amiral Villaret-Joyeuse fut complétement battu par l'amiral Bridport. Ce combat se donna à la vue des côtes du Morbihan. Les royalistes s'étaient rassemblés en foule sur le rivage; électrisés par cette victoire et par une lettre pastorale de l'évêque de Dol, ils se livrèrent aux plus vifs transports de joie; ils coururent aux armes de toutes parts, et firent leurs dispositions pour bien recevoir les émigrés qui venaient partager leurs nouveaux périls. Le 26 juin, MM. de Tintiniac et Dubois-Berthelot, débarqués depuis plusieurs jours par la frégate *la Galathée*, afin de communiquer avec les royalistes du Morbihan, firent les signaux convenus, pour prévenir que rien ne s'opposait à la descente. Le lendemain 27, dès la pointe du jour, le débarquement eut lieu au fond de la baie de Quiberon, sur le territoire du bourg de Carnac.

La réunion de tous ces Français fidèles était comme sanctifiée par la présence de Mgr l'évêque de Dol, René de Hercé, accompagné de cinquante ecclésiastiques, tous dans le costume qui convenait à leur caractère sacré.

A peine les troupes de l'expédition s'étaient formées sur le rivage, qu'on vit les royalistes de la Bretagne accourir en foule en poussant des cris de joie; ils se pressaient autour des bataillons, espérant y trouver des parens, des amis, et saluant leurs libérateurs par les plus vives acclamations.

(Résumé extrait des *Mémoires sur l'expédition de Quiberon,* par M. Louis Gabriel de Villeneuve de Laroche-Barnaud*.)

(Page 14, vers 10.)

Le peuple aide lui-même à rouler sur le sable.

Plusieurs chaloupes approchèrent bientôt du rivage : elles apportaient des caisses de fusils, quatre pièces d'artillerie de campagne, des habits, des munitions. Tous les habitants, hommes, femmes, enfants, disputaient à l'envi aux soldats les fardeaux les plus lourds, s'avançaient dans l'eau jusqu'à la ceinture, s'attelaient aux canons, et cela avec les marques de la satisfaction la plus vive; ils offrirent ensuite aux troupes un repas, à leurs frais, sans qu'on pût leur faire accepter la moindre somme. (Mémoires cités.)

* Deuxième édition, 1 vol. in-8°, prix : 6 fr. Chez C. J. Trouvé, Imprimeur-Libraire, rue Notre-Dame-des-Victoires, n. 16.

(Page 15, vers 13.)

Dont le dernier Condé guidait les bataillons.

« L'armée de Condé offrait l'image d'un camp des premiers » Francs; c'était toute une patrie : on y trouvait des princes » logés sur des chariots, des magistrats à cheval, des mission- » naires enseignant l'Evangile et distribuant la justice. » (*Mémoires de M. le vicomte de Chateaubriand, touchant la vie et la mort de Mgr le duc de Berri.*)

(Page 15, vers 14.)

Ces amis de Suffren, qui domptant la fortune.

Dans la première expédition fut comprise la légion de *la marine*, composée, en grande partie, d'officiers de notre marine royale, émigrés, qui avaient à leur tête le *comte Hector*, ancien chef d'escadre, et le chef d'escadre comte de Soulanges, ces restes précieux des braves qui firent trembler l'Angleterre sous Louis XVI, périrent presqu'en entier à la malheureuse affaire de Quiberon, où ils étaient placés en première ligne, ou chargés de la garde du fort *Penthièvre*, sous les ordres de M. le marquis de Senneville, chef d'escadre et cordon rouge. (Résumé extrait des *Mémoires sur Quiberon.*)

(Page 16, vers 6.)

L'image du Saint Roi décore leur poitrine.

On avait attaché au régiment *Loyal-Emigrant* ou *La Châtre*, une compagnie de *cent* officiers vétérans de tous les grades, servant et recevant la paye comme de simples soldats. Ils étaient commandés par M. de Rossel, maréchal-de-camp, âgé de soixante-douze ans. Tous ces respectables vieillards, qui excitaient à la fois l'admiration et l'attendrissement, étaient décorés de la croix de Saint-Louis, et couverts d'honorables cicatrices. (Mémoires cités.)

(Page 16, vers 9.)

Jamais éclat plus vif ne décora leurs armes.

« A la fin de la monarchie, les gentilshommes français redevinrent ce qu'ils avaient été au commencement de cette monarchie, et tels que les anciennes ordonnances de nos lois nous les représentent : *Nobles hommes à pied, armés d'une tunique, d'une gambière et d'un bassinet.* Ils rajeunirent leur noblesse dans ses sources, c'est-à-dire dans les combats : tout soldat français a ses lettres de noblesse écrites sur sa cartouche. L'armée de Condé, souvent contrainte de se replier avec les grandes armées, dont elle subissait les fautes, ne fut jamais défaite. Hors de la portée de canon, elle marchait sans discipline; généraux, officiers, soldats, tous égaux, n'obéissaient presque plus : au feu, elle serrait ses rangs, et s'alignait sous le boulet ennemi. Pendant neuf campagnes, elle n'eut pas une nuit de sommeil; cent mille guerriers dormaient en paix derrière elle. Qu'avaient-ils à craindre? Trois Condés étaient à leurs avant-postes. »

(M. le vicomte de Chateaubriand, *Mémoires touchant la vie et la mort du duc de Berri.*)

(Page 17, vers 2.)

Ce Roi tenait sa cour sous la tente des camps.

Louis XVIII était attendu à l'armée de Condé. « Il y vint » en effet, *n'ayant plus d'asile* (comme il le dit lui-même » dans son ordre du jour), *hors celui de l'honneur*. Son arri- » vée excita une grande joie. On étala pour l'entrée du Roi dans » son nouveau Louvre toutes les pompes de l'armée; on fit » tirer le canon, battre les tambours et sonner les trompettes; » on n'avait pas d'autre musique. On rangea en bataille des » soldats à peine vêtus, le visage noirci par la fumée de la » poudre, par le soleil et les frimas; on déploya des drapeaux » blancs déchirés, percés de boulets, criblés de balles, et » semblables à cette oriflamme usée par la gloire, que l'on » voyait dans le Trésor de Saint-Denis. » (M. le vicomte de Chateaubriand, *Mémoires touchant la vie et la mort du duc de Berri*.)

Deuxième Vendéenne.

(Page 23, vers 8.)

Lévites à l'Autel ! le voilà qui s'élève
Sur des chars où la foudre est immobile encor.

Une proclamation, affichée dans tout le Morbihan, avait été faite au nom de Louis XVII ; et ce ne fut que dans la traversée que l'on apprit la mort de l'auguste enfant, arrivée le 8 juin 1795. L'avènement de S. M. Louis XVIII au trône fut donc annoncée par une cérémonie aussi solennelle que la circonstance l'exigeait. Toutes les troupes descendirent sur le bord de la mer ; elles se rangèrent en bataille, et formèrent un grand carré, au milieu duquel on dressa une tente en forme de reposoir. Toute la population des environs accourut prêter un hommage sincère au nouveau Roi de France. Mgr l'évêque de Dol célébra la messe sous la tente, et prononça un discours, à la fin duquel plus de dix mille voix réunies firent entendre le cri français : LE ROI EST MORT : VIVE LE ROI ! Le prélat bénit ensuite les drapeaux que des détachements de chaque corps, précédés de la musique, vinrent déposer au pied des autels. (*Mémoires sur Quiberon.*)

(Page 30, vers 12.)

Et sur les bords du Rhin, en marhant aux combats,
A la voix d'un Condé d'autres Bannis répondent.

« Le 14 juin 1795, on apprit au cantonnement de Steinstadt » la mort de Louis XVII. Le 16 au matin, l'armée prit les » armes. Un autel fut dressé à la lisière d'un taillis ; un aumô- » nier (M. l'abbé Corbilly) y célébra la messe, et entonna le » premier *Te Deum*, le premier *Domine salvum* qui aient été » chantés pour le Roi Louis XVIII. Après le service divin, » Mgr le prince de Condé, accompagné de Mgrs les ducs de » Berri, de Bourbon et d'Enghien, se tourna vers l'armée, » et dit : »

. . . .

« Le canon répondit au cri de l'héritier du grand Condé ; » Mgr le duc de Berri éleva un drapeau blanc, et sur ce pavois » du nouveau champ de Mars, proclama le premier le monarque » qui devait lui fermer les yeux. » (M. le vicomte de Chateaubriand, Mémoires cités.)

Troisième Vendéenne.

(Page 35, vers 1.)

Sur deux rocs escarpés, dont les bases puissantes.

La presqu'île de Quiberon s'étend de deux lieues à peu près en longueur, et dans sa largeur, elle peut avoir une demi-lieue; le sol, surtout du côté de la baie, est très-sablonneux. Elle renferme quatorze ou quinze villages ou hameaux, dont le plus considérable est celui de Lomaria, généralement appelé *Quiberon*. Dans son intérieur, s'élèvent plusieurs monticules, sur chacun desquels on voit un moulin à vent. Des rochers à pic bordent la côte de l'ouest, inabordable et presque toujours battue par une mer orageuse. La côte orientale offre un facile accès; elle s'ouvre en plusieurs petits ports de chasse-marées, qui ont des batteries placées de distance en distance. Un petit fort, appelé le *Fort-Neuf*, défend le village de Quiberon et la pointe du sud contre une tentative de débarquement. La presqu'île se joint au continent par une langue de terre de plus d'une lieue, et de deux cents toises de large, à laquelle on donne le nom de *falaise*. Le fort *Penthièvre*, placé à l'entrée de la presqu'île, et qui semble la fermer, occupe le plateau d'un roc escarpé, dont les deux flancs sont baignés par la mer. Ce fort est un polygone irrégulier, couvert, du côté de la grande terre, par des ouvrages avancés. (*Mémoires sur Quiberon.*)

(Page 36, vers 3.)

Après de longs combats où l'on vit leur valeur.

Le 4 juillet 1795, l'armée royale s'empara de vive force de la presqu'île de Quiberon et du fort *Penthièvre*. La garnison se rendit à discrétion, ainsi qu'on l'avait exigé. L'armée républicaine, commandée par le général Hoche, ayant reçu de nouveaux renforts, reprit l'offensive dans le Morbihan, où les royalistes avaient successivement occupé Mendon, Auray et Landevan. Ces trois points furent, pendant plusieurs jours, le théâtre des combats. Les deux armées s'en disputèrent tour à tour la possession avec acharnement; au lieu des secours qu'elle sollicitait pour se maintenir dans ses avantages, l'armée royaliste reçut, dans la nuit du 6 au 7 juillet, l'ordre de rétrograder et d'occuper le mont Saint-Michel, Carnac, Kergolan, Plouernelle et Sainte-Barbe.

Le général Hoche, s'avançant à marches forcées, vers le milieu du jour, attaqua les royalistes dans leurs dernières positions; le feu de l'artillerie ennemie, dont ils manquaient eux-mêmes, rendit inutile une plus longue résistance. Il fallut se replier sur la presqu'île de Quiberon. Un combat, soutenu avec une égale valeur de part et d'autre, dura jusqu'à ce que les boulets du fort *Penthièvre* atteignant les républicains, ils renoncèrent au projet de pénétrer plus avant.

Le lendemain 8 juillet, à deux heures du matin, les royalistes firent la première sortie. Le 9, une seconde sortie eut lieu, pour protéger les travaux qui s'exécutaient au dehors du fort Penthièvre. On en tenta une troisième, pour reconnaître l'état des retranchements auxquels les républicains travaillaient de leur côté; elle fut poussée vers Sainte-Barbe, à la portée du canon. Le général républicain, avec la majorité de ses forces, s'avança lui-même alors vers la *falaise*, pour essayer une troisième attaque contre la presqu'île, et fut forcé de rentrer dans son camp, après une perte assez considérable.

Le 10 juillet, un corps de six mille royalistes s'embarqua sur des bateaux plats, et effectua sa descente, le lendemain à la pointe du jour, à Saint-Jacques, près Sargeau. Dans la même journée, on fit encore une sortie du fort *Penthièvre*, pour opérer une diversion en faveur de cette expédition.

Les journées des 12, 13 et 14 furent employées à perfectionner les fortifications de l'entrée de la presqu'île, et à d'autres dispositions relatives à l'importante affaire du 16. Dans toutes ces rencontres, les royalistes furent si bien secondés par la marine anglaise, commandée par le commodore Waren, qu'ils formèrent et lui offrirent une légion, moitié infanterie, miotié cavalerie, dont il agréa le titre de colonel-propriétaire.

Tout était disposé pour l'attaque, lorsque le 15 la seconde flotte de l'expédition, qui portait la division Sombreuil, entra dans la baie de Quiberon.

La fatale journée du 16 arriva : l'aube du jour commençait à paraître, qu'on était déjà parvenu, dans le plus grand silence, aux deux tiers de la *falaise*. L'armée royale, trompée par de fausses inductions, fut entraînée par son impétuosité ordinaire jusqu'à la portée de l'artillerie ennemie, croyant combiner ses efforts avec l'attaque de ses frères d'armes qui étaient encore à plusieurs lieues de là. Le mauvais succès de l'expédition préliminaire fit manquer l'expédition principale. Il ne restait aux royalistes que quatre mille cinq cents hommes à découvert, contre dix mille bien retranchés. Ces derniers, feignant toujours de se replier sur leurs lignes, laissèrent approcher la tête de la colonne des émigrés jusqu'à mi-portée de pistolet : alors leur artillerie, prenant l'armée, pour ainsi dire, *de tête à queue*, écrasa les rangs des royalistes d'une grêle de boulets, d'obus et de mitraille : la déroute fut complète, malgré les efforts des officiers pour rallier leurs soldats, en leur formant un rempart de leurs corps qu'ils exposent à tout le feu de l'ennemi. Déjà la première et la seconde dunes avaient été successivement emportées, la troisième était assaillie; et si le détachement anglais, auquel on avait confié la garde du fort, secondé par la marine anglaise, n'avait arrêté l'ennemi, qui se vit enfin forcé de regagner son camp de Sainte-Barbe, c'en était fait des restes de l'armée royale. La perte qu'elle essuya fut considérable, surtout en officiers : elle s'éleva à quatorze cents hommes, sans compter les blessés. Telle fut l'issue de la malheureuse journée du 16 juillet 1795.

C'est après ces événements que commence l'action du troisième chant de notre poëme.

(Page 38, vers 1.)

Dans l'ombre tout à coup des pas se sont glissés.

Des transfuges d'un régiment, composé en grande partie de prisonniers républicains, avaient averti le général Hoche de l'attaque préparée contre son camp de Sainte-Barbe : la trahison était la principale cause de la défaite du 16 juillet; elle devait porter un dernier coup aux royalistes. Deux de ces transfuges s'étaient échappés du fort *Penthièvre :* plus de trente s'en échappèrent encore dans la nuit du 18 au 19, et passèrent à l'ennemi avec armes et bagages. Au lieu de confier la garde du fort aux troupes de la division Sombreuil, fraîchement arrivées, et non à des hommes d'une fidélité équivoque, entretenant des intelligences avec les déserteurs, on se contenta de doubler le nombre des factionnaires dans l'intérieur du fort, et d'établir de fréquentes patrouilles sur la *falaise*, mesures qui pouvaient devenir insuffisantes dans une nuit sombre et orageuse, ainsi qu'on l'apprit bientôt par une fatale expérience.

Deux traîtres, nommés *Nicolas Litte* et *Antoine Mauvage*, anciens sergents au 41e régiment, faits prisonniers en Hollande par les Anglais, du nombre des trente derniers déserteurs, annoncèrent au général Hoche que beaucoup d'autres soldats de leur régiment étaient prêts à lui livrer le fort, et qu'un nouveau transfuge devait infailliblement apporter le mot d'ordre le lendemain.

Le général républicain, satisfait de leurs réponses, se décida à l'attaque du fort, pour sortir de la position difficile où il se trouvait, à cause de l'insurrection des habitants de ces contrées en faveur de la cause des Bourbons.

Le lendemain, 20 juillet, sur les deux heures de l'après-midi, le temps humide et nébuleux présageait une nuit orageuse. Le nouveau transfuge apporta le mot d'ordre à dix heures du soir; à onze, les troupes républicaines se mirent en marche. La pluie tombait par torrents; le ciel en feu, le vent et les coups redoublés du tonnerre s'unissent aux mugissements des vagues furieuses qui se brisent contre les rochers du fort Penthièvre. Tous les éléments favorisent l'entreprise; elle s'exécute dans le plus grand silence. (*Mémoires sur Quiberon.*)

(Page 40, vers 13.)

Entre le fort Penthièvre et la mer orageuse.

. . . .

Mais pourquoi tout à coup se sont-ils arrêtés?

Le général Hoche, ayant auprès de lui Tallien et Blad, suivait les colonnes avec une partie du corps de réserve. A mesure qu'elles s'avancent, l'ouragan devient plus terrible : les républicains n'osent plus lutter contre la force des éléments; ils ne peuvent se tenir dans leurs rangs et s'arrêtent deux fois; la seconde, ils n'écoutent plus la voix de leurs chefs. Hoche court tantôt vers les généraux, tantôt vers les soldats, les encourage, les presse d'aller en avant; mais ses prières, ses menaces, tous ses efforts sont inutiles. Cependant l'orage semble se calmer un peu, et les républicains reprennent leur marche; ils ne sont éloignés que de cent pas des premiers retranchements. (*Mémoires sur Quiberon.*)

(Page 42, vers 9.)

Du rocher cependant franchissant les sentiers.

Trois cents grenadiers, guidés par les transfuges, s'avancèrent par le côté droit de la *falaise;* ils gravirent un petit sentier praticable, qui de la mer conduit aux murs du fort, et arrivèrent aux premières sentinelles, qui, se tenant dans le fond de leurs guérites pour s'abriter contre le mauvais temps, furent assaillies et égorgées. Les républicains, arrivés au pied du parapet occidental, donnèrent le signal convenu aux conjurés de l'intérieur, qui accoururent aussitôt pour leur faciliter l'escalade, en les aidant de la main et de la crosse de leurs fusils. (*Mémoires sur Quiberon.*)

(Page 44, vers 1.)

Non loin du fort, troublés par ces scènes funèbres.

Les cris des premières victimes se firent entendre : les royalistes se pressèrent, coururent aux armes, et allèrent en foule défendre les retranchements. Les braves canonniers Toulonnais, qui gardaient les postes avancés, et qui n'avaient pas abandonné leurs pièces, firent un feu terrible contre l'ennemi, qu'on distinguait à peine. (*Mémoires sur Quiberon.*)

(Page 45, vers 9.)

Au devant de leurs pas Hoche se précipite.

. . . .

Ah! transfuge maudit! voilà donc ta promesse!

Les républicains reculent : les colonnes, ébranlées par le feu de l'artillerie, vont se réfugier dans le camp de Sainte-

Barbe. Hoche court à la première colonne, qui abandonne l'attaque, et la ramène à l'assaut. Cependant il croit avoir donné dans un piége, et, en frémissant de rage, il doute s'il doit reprendre le chemin de son camp. (*Mémoires sur Quiberon.*)

(Page 46, vers 3.)

Les Bannis triomphaient, mais dans le ciel moins sombre.

Le jour venait de poindre; des cris tumultueux de *rendez-vous !* retentissent dans l'intérieur du fort. On voit le drapeau tricolore flotter au mât de pavillon, et le rempart garni de grenadiers républicains. « Lâches, crie le général Hoche aux » soldats qui l'entourent, vous fuyez, et vos camarades sont » maîtres du fort! » Les fuyards, ralliés, s'élancent avec fureur contre les batteries. Parmi les soldats de service aux batteries des Toulonnais, se trouvent des prisonniers qui ont participé au complot : ils sortent de leurs rangs, tournent leurs armes contre leurs officiers. Les canonniers, se sentant attaqués par derrière, aperçoivent le drapeau ennemi flottant sur le fort Penthièvre; ils sont entre deux feux; environnés de traîtres, ils n'ont plus à espérer de salut: cependant leur courage, ou, pour mieux dire, leur héroïsme redouble. Ils ne reculent pas, et leur dernier soupir est encore consacré à la bonne cause. L'ennemi ne marche que sur des cadavres couverts de blessures. Tous ces fidèles canonniers, dont la valeur avait excité l'admiration des républicains eux-mêmes, périrent auprès de leurs pièces, et laissent à regretter que leurs noms n'aient pas orné les pages de l'histoire. (*Résumé extrait des Mémoires cités.*)

Quatrième Vendéenne.

(Page 53, vers 12.)

Ami, n'entends-tu pas ce son qui dans l'orage ?

Pendant que le courage le plus héroïque cédait à la surprise, à la force et à la trahison, les troupes de la division Sombreuil, cantonnées dans leurs quartiers, étaient livrées au sommeil, ignorant cette infâme conspiration. A deux heures du matin, le bruit du canon et de la fusillade, d'abord confondu avec celui du tonnerre, se fit distinctement entendre. A deux heures et demie, un dragon de Warren, envoyé par le comte de Sombreuil, qui s'était porté au quartier-général, vint donner l'ordre de battre la générale, et de se rapprocher du fort Penthièvre.

(Page 55, vers 7.)

Reconnaissez la place où la blanche bannière
Se couvre sur des morts d'une gloire dernière.

Le jeune de Feletz, frère du célèbre littérateur, défendit courageusement le drapeau qui lui était confié; on ne put l'arracher de ses mains que lorsqu'il tomba épuisé par ses blessures. Mais tout son sang ne fut pas versé sur le champ de bataille; il lui en resta assez encore pour le champ du supplice.

(Page 55, vers 12.)

Des parents, des amis, la dépouille arrachée.

Le comte de Talhouet fut tué. Son fils, âgé de quinze ans, qui se trouvait à ses côtés, fit tous les efforts imaginables pour enlever le corps. Il s'était déjà emparé de ce précieux fardeau; mais, atteint lui-même par une balle, il fut obligé de le lâcher : lors de la retraite, il fut entraîné par ses camarades.

Le fils de M. Vaillant de la Ferrière, à peine dans sa seizième année, éprouva le même sort, en voulant enlever les restes de son père.

M. le comte Charles de Lamoignon porta sur ses bras son frère, blessé à la jambe, dans une embarcation, et revint ensuite se ranger sous ses drapeaux.

(Page 56, vers 8.)

Ils tombent à genoux, au-dessus de leur tête.

Tout le monde sait que telle était la tactique des Vendéens pour arriver jusqu'à l'artillerie républicaine, et s'en emparer.

(Page 57, vers 11.)

Et toi, rends-moi mon Dieu, répondait le Breton.

Cette admirable réponse est historique.

(Page 58, vers 10.)

Tout courbé sous le poids de son noble fardeau.

C'est ainsi que M. le duc de Lévis, grièvement blessé dans le combat du 16, fut sauvé par un des chouans qu'il commandait. (Alp. de Beauchamp, *Guerres de la Vendée.*)

(Page 64, vers 1.)

Sous ces murs dont l'Exil avait peuplé l'enceinte.

Les émigrés arrivèrent enfin au Fort-Neuf, situé sur un rocher à l'extrémité de la presqu'île. C'est en vain qu'ils crurent y trouver des moyens assurés de défense jusqu'à ce qu'ils pussent regagner l'escadre anglaise. Ce fort était négligé depuis long-temps; on en avait même ôté le peu de canons qui s'y trouvaient, lorsque la première division s'était emparée de la presqu'île, sans prévoir que, dans le cas d'une retraite, l'armée n'avait plus aucun point où elle pût se défendre et se rallier : il n'y restait qu'une pièce en fonte rouillée, couchée par terre, sans affût, dont on ne pouvait aucunement se servir. Dès qu'on fut posté dans le fort, l'ennemi prit position à une demi-portée de canon; une corvette anglaise, embossée non loin du fort, lâcha sa bordée contre les républicains, qui firent entendre ces cris sur toute leur ligne : *Rendez-vous, braves émigrés ! il ne vous sera fait aucun mal : nous sommes tous Français !*

La corvette recommença son feu contre l'ennemi, devant lequel la division Sombreuil se rangea dans une seule ligne, *sans cependant tirer un coup de fusil de part ni d'autre, malgré le feu du bâtiment;* mais les cris de paix produisirent un effet bien dangereux sur les soldats; un grand nombre jeta ses armes au-delà du mur d'enceinte, le franchit, et courut à l'ennemi, qui, persistant dans son dessein, ne semblait faire aucune opération hostile, et se bornait à répéter les mêmes expressions d'amitié. Il ne restait plus aux royalistes qu'une ou deux cartouches par homme; *cependant chacun attendait sans crainte le moment du combat dans un morne silence.* L'artillerie républicaine s'avançait à grands pas; la mer était encore tellement orageuse, que les embarcations pouvaient à peine s'y tenir, et se trouvaient dans l'impossibilité de s'approcher de la côte, pour recevoir à leur bord les restes de cette division, réduite de huit cents à mille hommes, n'ayant pour toute défense que leur courage et leurs baïonnettes. Toutes ces considérations portèrent le comte de Sombreuil à tenir un conseil de guerre avec les principaux officiers pour prendre une résolution définitive. (*Mémoires sur Quiberon; Guerres de la Vendée,* par Alp. de Beauchamp.)

(Page 65, vers 4.)

Et de ces mots pressés leur rencontre est suivie.

Un parlementaire fut envoyé au général Hoche. Sur son invitation, le comte de Sombreuil se rendit auprès de lui : manquant, de part et d'autre, des choses nécessaires pour écrire, on stipula verbalement une capitulation, garantie par la parole d'honneur des deux chefs, et basée sur les conditions suivantes :

Le général comte Sombreuil se dévoue, et fait le sacrifice de sa vie pour celle de ses compagnons d'armes renfermés dans le Fort-Neuf. Tous les émigrés pourront se rembarquer; les soldats seront prisonniers de guerre, libre à la république de les incorporer dans ses troupes, dès qu'elle le jugera à propos. (*Mémoires sur Quiberon ; Guerres de la Vendée*, par Alp. de Beauchamp.)

(Page 66, vers 4.)

Quel est-il ce héros, qui, brillant, plein de jours?

Sombreuil, ce Curtius français, qui se donne en sacrifice pour le salut des siens, offre un exemple peu commun, même dans l'antiquité la plus reculée. Toujours fidèle à la cause des Bourbons, il avait volé sous les étendards des lis le jour et au moment même où il allait s'unir à une jeune personne (mademoiselle de La Blache), aussi belle qu'estimable, et qu'il aimait tendrement. La bénédiction nuptiale l'attendait, lorsqu'au premier appel, il oublia l'amour et le repos pour le devoir et la gloire : il périt peu de temps après, sans que sa mort pût racheter la vie de ses compagnons d'infortune, pour lesquels il s'était si généreusement dévoué. (*Mémoires sur Quiberon.*)

(Page 67, vers 1.)

Sombreuil, nom malheureux, race à jamais illustre,
Qui deux fois par le sang racheta des Martyrs.

Qui ne connaît le trait sublime de mademoiselle de Sombreuil, que des cannibales forcèrent de boire un verre de sang humain, pour racheter les jours de son père.

(Page 67, vers 10.)

Il faut donc l'accomplir cette horrible promesse.

Le général Hoche suivit le comte de Sombreuil au Fort-Neuf, et répéta aux émigrés : « Messieurs, vous allez tous vous » rembarquer. » La conversation des deux généraux s'était graduellement animée ; Hoche voulait apparemment tenir les articles de la capitulation ; mais il refusait d'accorder un plus long délai pour l'embarquement, de crainte de se compromettre avec l'inexorable Tallien. (*Mémoires.*)

(Page 68, vers 3.)

Un décemvir cruel réclamera sa proie.

Les craintes du général Hoche n'étaient que trop fondées. Pendant ces débats, Tallien lui envoyait émissaire sur émissaire, pour lui donner des ordres réitérés de faire conduire les émigrés au fort Penthièvre. Hoche fut enfin forcé de déférer à ces ordres : il commanda aux grenadiers de se mettre en marche avec les captifs ; ceux-ci, touchés d'un visible intérêt, n'obéirent point. Un quart-d'heure se passe encore ; Hoche, pressé de nouveau par le représentant, retourna aux grenadiers, et leur répéta l'ordre de la marche ; ils hésitèrent de nouveau, et aucun d'eux ne sembla disposé à lui obéir. Le général perdit patience, et frappa de son sabre un grenadier, qui lui dit avec fermeté : « Général, je n'avais jamais reçu un » pareil outrage..... » Il allait continuer, mais Hoche fait approcher un peloton armé, et somme le capitaine d'exécuter les ordres que jusqu'alors il avait inutilement donnés. (*Mémoires.*)

(Page 68, vers 4.)

— Un navire ! — Il cinglait sur l'Océan profond.

Quelques mouvements dans l'escadre firent espérer qu'on se disposait à envoyer des embarcations de transport. On distingua ensuite une chaloupe parlementaire, qui cinglait directement vers Quiberon ; mais bientôt, en ralentissant sa marche, elle arriva à la portée du canon, et tout à coup elle revira de bord, et retourna à l'escadre. (*Mémoires sur Quiberon.*)

(Page 68, vers 8.)

Et tu vois sans frémir ce spectacle funeste,
Albion ! Albion !

En gravissant le rocher, les émigrés reportaient leurs regards vers la mer, et aucune embarcation ne vint à leur secours ; ils n'en pouvaient deviner la cause : le zèle constant qu'avait montré pour eux le commodore Warren rendait, en effet, cette conduite incompréhensible ; mais il la justifia ensuite devant le parlement. Il allégua, entre autres raisons, le refus formel des commandants des transports de mettre leurs chaloupes à la mer, à cause du mauvais temps qui les aurait, disait-il, empêchés d'approcher de la côte. Quant à la chaloupe parlementaire, il paraît que les hommes qui la conduisaient, ayant vu les captifs entourés de républicains, reconnaissables à leur habit bleu, les avaient crus en leur pouvoir, et incapables de profiter de leurs secours.

La Convention nationale et Buonaparte avaient intérêt à répandre une erreur populaire, en représentant les Anglais comme des traîtres qui avaient abandonné les émigrés à Quiberon, et les avaient même foudroyés de leur artillerie. Nous avouerons que, sans ajouter entièrement foi à cette calomnie, dirigée contre un gouvernement qui a accordé un si généreux asile à nos rois, nous ne savions à quoi nous en tenir sur ce fait, avant d'avoir lu les excellens Mémoires où nous avons puisé la plupart de ces notes. Que ceux qui pourraient encore conserver quelque doute lisent ces Mémoires, ainsi que l'*Histoire des guerres de la Vendée*, par M. Alphonse de Beauchamp, quatrième édition, et ils demeureront convaincus, comme nous, qu'on ne peut reprocher aux Anglais, dans cette circonstance, que d'avoir usé de trop de précaution pour ne pas compromettre leurs vaisseaux, et d'avoir trop abandonné les émigrés à leurs propres forces; certes, c'est bien assez.

Le gouvernement britannique avait-il prévu les conséquences funestes de cet abandon, et la destruction de notre marine, qui en fut la suite? Nous laissons à l'histoire le soin de décider. Mais il nous appartenait de protester du moins contre le fait de la mitraille dirigée sur les royalistes par les frégates anglaises.

(Page 70, vers 18.)

Les Bretons redisaient leurs hymnes de victoire.

C'est la fameuse marche qui conduisait les soldats de Montfort à la victoire. Elle fut rapportée par eux dans l'ouest, et se conserve également dans le midi de la France. Les bergers de Castelnaudary la jouent encore sous le nom de la *Marche de Simon de Montfort.* (Voir la *Description générale du Département de l'Aude*, par le baron Trouvé.)

(Page 72, vers 4.)

Où des Tintiniac, les arbres de Camor.

Le chevalier de Tintiniac appartenait à une des plus illustres et des plus anciennes familles de la Bretagne; on voit encore son antique manoir dans le département d'Ille-et-Vilaine, près de Hédée, sur la route de Rennes à Saint-Malo. Deux de ses ancêtres s'illustrèrent dans le fameux combat des *trente*, livré en 1351, non loin de Coëtlogon, à la mi-voie, entre Josselin et Ploërmel. Il commandait le corps de six mille chouans qui fut embarqué le 10 juillet pour opérer une diversion pendant l'attaque du 16. Le 14 et le 15, il se couvrit de gloire dans deux combats : le premier au bourg de la *Trinité*, où s'étaient réunis quinze cents soldats républicains ; le second, du côté de Loudéac, où l'armée royale, attaquée dans ses bivouacs, enveloppa l'ennemi, et en fit un affreux carnage. Cette victoire fut suivie des plus amers regrets : les lauriers des royalistes furent teints du sang de leur général. Emporté par son ardeur, M. de Tintiniac s'était mis à la poursuite des fuyards ; il découvre un grenadier républicain qui s'était réfugié derrière une haie : il le somme de mettre bas les armes : le grenadier, loin d'obéir, le couche en joue, et le tue sur la place.

Non moins intrépide que le héros de la Vendée, Henri Larochejacquelein, il périt comme lui à la fleur de l'âge ; et à Coëtlogon, comme à Trémentine, la valeur du soldat l'emporta sur la prudence du général. (*Mémoires sur Quiberon.*)

(Page 72, vers 8.)

Apportent leurs regrets et des croix funéraires.

Les paysans de la Bretagne et de la Vendée se distinguent par leur respect pour les morts ; mais ce culte de la tombe est encore plus habituel près des lieux où sont déposés les restes des royalistes frappés dans nos guerres civiles. Une paysanne recevant l'ordre de planter un arbre à la place où un Vendéen avait été enterré, répondit : *Il y a là un pauvre Vendéen, cela le dérangerait.*

Plusieurs des braves compagnons du chevalier de Tintiniac furent tués en combattant dans la forêt de Camor ; le combat eut lieu sous de vieux chênes, au pied desquels ils ont été ensevelis. Chaque paysan qui passe près de là s'agenouille, prie, dépose, suivant l'usage du pays, *une petite croix de bois*, en disant : *Reposez en paix ;* la terre en est jonchée, et l'on n'y touche jamais.

(Page 72, vers 14.)

Gloire aux trente Bretons ! c'est l'arbre de Mi-Voie.

Les historiens et les poëtes ont célébré le fameux *combat des trente*, où les Anglais furent vaincus sous le chêne de Mi-Voie.

Le maréchal *de Beaumanoir*, irrité de ce que les Anglais, au mépris de la trêve publiée, dévastaient les campagnes des paisibles Bretons, proposa à leur chef, *Robert Brembro*, de vider la querelle dans un combat de *trente contre trente*. Le défi fut accepté : l'on choisit de part et d'autre trente champions. *Beaumanoir*, pendant l'action, dévoré d'une soif brûlante, l'apaisait en buvant son sang. Les Bretons furent vainqueurs, et pour en perpétuer le souvenir, ils élevèrent au même endroit un monument qui a été détruit pendant les troubles révolutionnaires.

Nous n'avons pas cru devoir nous astreindre à l'exactitude topographique. Afin de pouvoir rappeler ce glorieux fait d'armes, nous avouons que nous avons fait faire aux émigrés un détour de quelques lieues. Voudra-t-on bien nous le pardonner?

(Page 74, vers 12.)

Eux-mêmes, les vainqueurs, laissaient couler leurs larmes !

Le cœur du vrai soldat français n'est jamais inaccessible à la pitié : le désastre de Quiberon offrit plusieurs exemples de cette consolante vérité. Les proconsuls philosophes et leurs sbires étaient seuls capables d'insulter au malheur. Un soldat ivre voulant arracher le porte-manteau d'un émigré blessé, un jeune officier lui fit lâcher prise, en lui disant : « Ce n'est » plus un ennemi que tu vas combattre, mais un malheureux, » un Français !... »

Les républicains, après s'être partagé les vivres trouvés dans les magasins, en gardaient une petite réserve pour leurs camarades absents, et portaient le pain, suivant l'usage, au bout de leurs baïonnettes : un émigré, prêt à tomber en défaillance, demande à un soldat une partie de son pain : « Je le » ferais volontiers, mon ami, répondit-il; mais je le garde » pour un autre qui en aura autant besoin que vous. » Un sous-officier, témoin de ce colloque, présenta son pain, et dit à l'émigré : « Prenez, camarade, voilà ma réserve. » Tous les soldats alors, même celui qui avait refusé, imitèrent cet exemple, et en un instant les morceaux de pain disparurent des baïonnettes.

(Page 76, vers 5.)

Tremble, ton règne expire, et le ciel de tes jours
Aux horreurs du besoin livrera le long cours.

Tallien fut l'assassin des royalistes échappés au désastre de Quiberon. Il fit à la Convention un faux rapport sur la prise du fort *Penthièvre ;* il n'y dit pas un seul mot de la capitulation. Il accusa, au contraire, les émigrés de s'être battus avec des *poignards empoisonnés*. Ces poignards supposés n'étaient autre chose que des couteaux de chasse, que les officiers anglais portent sur leurs vaisseaux, et dont ils avaient fait présent aux officiers du régiment d'*Hector*, qui étaient tous du corps de la marine française. Tallien, pour donner plus de poids à son infâme calomnie, empoisonna lui-même un de ces couteaux, en fit frapper un chien devant l'assemblée, et l'animal mourut dans des convulsions horribles.

Après la victoire du 21 juillet, Hoche, appelé à un autre commandement, fut innocent de cette épouvantable violation de la foi jurée : tous les soldats et les officiers, ainsi que le représentant Blad, partagèrent son indignation. Le farouche Tallien fut obligé de faire garder ses victimes par des *compagnies franches*, composées de cannibales, et de les faire fusiller par les transfuges qui les lui avaient livrées.

Tallien a porté de son vivant la peine de cette atroce conduite. On a pu le voir traîner les derniers jours de sa coupable existence aux Champs-Élysées. Il est mort en 1820, en proie à toutes les horreurs du besoin, de la douleur et du mépris. Si ce monstre contribua au 9 thermidor, on ne doit lui en tenir aucun compte : il ne fut poussé que par sa haine implacable contre Robespierre, qu'il voulait supplanter avant que ce digne compétiteur l'envoyât à l'échafaud, comme tous ceux qui lui faisaient ombrage.

Cinquième Vendéenne.

(Page 82, vers 5.)

Par d'infâmes soldats les Captifs escortés.

Les transfuges et les compagnies franches. Les tyrans philosophes de cette époque redoutaient la loyauté des braves soldats, qui savaient vaincre sur les champs de bataille, mais non lâchement persécuter d'infortunés proscrits, trahis par le sort des armes, et traînés à la mort contre la foi des traités.

(Page 82, vers 7.)

Mais leurs yeux vainement, dans ces murs désertés,
Cherchant d'un œil ami la plaintive tristesse.

Après huit heures de marche, les captifs, exténués de besoin, épuisés de fatigue, arrivèrent aux portes d'Auray à une heure après minuit. La ville était livrée à la plus morne solitude; des lumières, placées à toutes les fenêtres, éclairaient leurs pas. Cette mesure était prescrite par les autorités, avec ordre aux habitants de se tenir renfermés dans leurs demeures :

10

le mari, le fils, le frère, passaient devant leurs habitations sans apercevoir un seul des êtres qui leur étaient chers. Il ne restait plus, dans cette ville fidèle, que les vieillards, les femmes et les enfants.

On conduisit les émigrés dans une grande église éclairée par une lampe qui dissipait à peine les ténèbres de la nuit. Ce lieu fut bientôt tellement encombré, que ceux qui ne pouvaient y trouver de place, étaient obligés de rester debout jusqu'à ce que leurs compagnons se relevassent tour à tour pour céder la leur. Le brave Sombreuil, assis sur un tombeau, et entouré de ses officiers, partageait le sort commun sans proférer la moindre plainte. Dépourvus de toute espèce de secours, ils n'avaient pas même de la paille pour reposer leurs membres fatigués. Des blessés, des jeunes gens étendus sur la pierre, faisaient entendre de sourds gémissements, précurseurs du dernier soupir qu'une faim dévorante allait bientôt leur arracher. Leurs camarades soutenaient leurs têtes appesanties, et s'efforçaient d'exciter la circulation du sang par de fréquents frottements du côté du cœur, en priant l'Éternel d'avoir pitié de leurs souffrances.

(Page 93, vers 3.)

Dès que du jour naissant les feux étincelèrent.
. . . .
C'est vous qui des Licteurs embrassiez les genoux.
Femmes !

Sensibles compagnes de notre existence, la bienfaisance est un besoin pour vos cœurs! on est sûr de vous rencontrer partout où se trouvent des infortunés à secourir : le malheur, souvent abandonné par l'amitié même, est un aimant qui vous attire. C'est surtout dans ces temps de calamité qu'on vit briller, avec plus d'éclat, votre active charité, votre vertu par excellence. Vous bravez tous les dangers avec une abnégation de vous-mêmes, poussée jusqu'au dévouement le plus sublime. Que seraient devenus ces malheureux proscrits sans votre généreuse assistance? De cruels officiers municipaux se bornaient à faire enlever les morts et les mourants, et à compter ceux que le fer et la faim avaient encore épargnés. On se laissa enfin fléchir par vos instances : vous obtîntes, comme une faveur, la permission de pénétrer dans ce séjour de douleur et de désespoir, et d'être *mises en réquisition* pour donner vos soins à ces victimes de la fidélité.

On vit alors arriver un grand nombre de femmes de toute condition et de tout âge, portant sur leurs bras des paniers remplis de provisions, consolant les prisonniers par l'espoir que la capitulation serait exécutée. Parmi les officiers bretons et chouans, plusieurs eurent le plaisir d'embrasser leurs femmes et leurs enfants. Après avoir rempli les soins de l'humanité, elles se portèrent en foule vers Mgr l'évêque de Dol, pour recevoir sa bénédiction, seule récompense vraiment digne de tant de zèle et de vertu.

Le lendemain, leur nombre, au lieu de diminuer, augmenta, et deux fois par jour elles venaient apporter leurs secours et leurs consolations. Chacune avait adopté un des captifs, et ses regards expressifs le distinguaient bientôt parmi les autres ; elles paraissaient heureuses de les revoir, et d'avoir pu varier les mets qu'elles venaient leur offrir avec la plus tendre sollicitude. Tout était en mouvement dans la ville et dans la campagne pour s'en procurer. Jusqu'à la simple villageoise s'empressait d'apporter l'offrande de son laitage et des fruits de son jardin. L'exemple suivant prouvera combien était active leur bienfaisance.

Une femme vint un jour demander un jeune officier, et lui offrit un panier de provisions de la part d'une dame ; l'officier, après diverses questions, s'aperçut que ce n'était pas lui qu'on cherchait, et refusa le présent : la femme alors se mit à pleurer, en le suppliant de l'accepter ; les autres captifs joignirent leurs instances aux siennes pour vaincre la scrupuleuse délicatesse du jeune officier.

L'ingénieuse persévérance des femmes compatissantes surmonte presque toujours les obstacles les plus difficiles : lorsque l'entrée de la prison leur fut interdite, on trouvait souvent parmi les mets plusieurs petits billets qui donnaient aux captifs quelque lueur d'espérance.

Ces actes de dévouement et de charité se répétèrent avec le même zèle jusqu'à la mort de la dernière victime.

(Page 96, vers 5.)

Oh ! ne voyez-vous pas cette mère éplorée ?

C'étaient la mère et la sœur de ce jeune Talhouet, qui fut blessé sur le corps de son père tué à l'affaire du 16 juillet.

(Page 101, vers 1.)

Sur les bords d'un marais, dont les dormantes eaux.

A peu de distance d'Auray, et sur la route d'Hennebon, on trouve un chemin qui conduit à l'ancienne Chartreuse ; on en suit les murs, et on arrive, en descendant un coteau assez rapide, à une prairie bordée, d'un côté, par un vaste marais ;

de l'autre, par de hauts châtaigniers ; c'est là que furent fusillés le plus grand nombre des émigrés débarqués à Quiberon ; c'est là qu'en 1363, après vingt-deux ans de combats, fut vidée la querelle de Jean de Montfort et de Charles de Blois, par une bataille sanglante et décisive, où ce dernier perdit la vie et le duché de Bretagne.

Jean-le-Bon, duc de Bretagne, était mort sans enfants. Pour assurer le repos de son peuple, il avait marié avec Charles de Blois Jeanne de Penthièvre, fille de son frère Guy, et son héritière collatérale. A peine eut-il fermé les yeux, que son frère de père, l'ambitieux Jean de Montfort, soutint qu'il était le plus proche parent du défunt, et que d'ailleurs la pairie de Bretagne excluait les filles. Les Bretons se divisèrent : les uns prirent parti pour Montfort, et le meilleur nombre pour Charles. Le roi d'Angleterre se déclara pour le premier, et le roi de France pour le second. Deux cent mille hommes périrent dans cette guerre, qui fut une école de prouesses, où débutèrent une foule de héros. Bertrand Duguesclin y jeta les fondements de sa fortune et de sa gloire immortelle. Jean de Montfort, tour à tour vainqueur et vaincu, fut pris à Nantes, et conduit à Paris dans la grosse tour du Louvre, d'où il s'échappa, et mourut assiégé dans Hennebon. Sa veuve et son fils continuèrent les hostilités. Édouard, roi d'Angleterre, envoya à leur secours une formidable armée. Charles de Blois, après avoir fait des prodiges de valeur à la bataille de Saint-Pol-de-Léon et à la Roche-Derrieu, où il reçut dix-huit blessures, fut fait prisonnier, et ne put sortir de sa captivité qu'en livrant ses deux fils en ôtage : il rentra en campagne ; et, après avoir forcé plusieurs villes, il voulut faire lever à l'ennemi le siége d'Auray.

Les deux armées se trouvèrent en présence non loin de cette place. Là, s'était réuni tout ce que la France et l'Angleterre avaient de plus vaillant et de plus célèbre. D'un côté, commandait le brave Chandos; de l'autre, Bertrand Duguesclin; sous les bannières de Montfort, se distinguait Olivier de Clisson, fils de Clisson, décapité sur la place des *Halles-Parisis*, que sa mère avait fait élever dans la haine du roi de France, et qui devint l'un des plus grands guerriers de son siècle, l'émule et le frère d'armes de Duguesclin. Blessé pendant l'action d'une pointe de dague qui lui arracha un œil, il devint si furieux, qu'il s'élança tout seul à travers l'armée de Charles, où il répandit le désordre. Charles de Blois fut tué par un Anglais, qui lui enfonça dans la bouche le fer de son épée. La bataille était perdue; l'armée était dispersée; Bertrand Duguesclin lui seul combattait toujours; enfin ses armes se brisèrent, son sang se perdit par cinq blessures, et, en cet état, il se rendit à Chandos; mais la guerre ne fut pas terminée, quoique la Bretagne fût momentanément au pouvoir de la famille de Montfort. (*Voyez* Froissard, d'Argentré, *Histoire de Bretagne; Vie de Duguesclin*, publiée par Mesnard.)

(Page 104, vers 1.)

Et le vieillard sublime, et le jeune héros.

L'intrépide Sombreuil, avec cette noblesse qui le distinguait, ne cessa de répéter aux officiers républicains qu'il les invitait « à sommer en son nom et en celui de l'honneur le général Hoche de tenir sa promesse concernant la capitulation. » Un officier supérieur vint le prévenir qu'on allait le conduire au supplice. C'est dans ce moment, et loin de l'ardeur des combats, que se montre le grand courage. Quand il rentra, on n'aperçut sur son visage aucun signe d'altération; sa sérénité imperturbable formait un contraste frappant avec le désespoir de son fidèle domestique, qui ne voulait pas le quitter.

Un autre officier se présenta, et demanda Mgr l'évêque de Dol et les prêtres de sa suite. Quelques instants après, on vit reparaître ce vénérable prélat; sa contenance était celle d'un homme juste, qui court avec joie recevoir la palme du martyre. Il bénit tous les émigrés, qu'un mouvement involontaire fit tomber à ses genoux, et leur adressa les paroles les plus consolantes sur la miséricorde divine.

(Page 104, vers 12.)

D'une pitié stérile épargnez-moi l'outrage.

Le comte de Sombreuil et Mgr l'évêque de Dol furent conduits ensemble au lieu du supplice. Un général républicain s'approcha du comte de Sombreuil, et le pria de permettre qu'il lui rendît le dernier devoir, celui de lui bander les yeux. « Non, » répondit le comte de Sombreuil, je veux voir mon ennemi » jusqu'au dernier instant. » Invité ensuite de se mettre à genoux, il répliqua, après un moment de réflexion : « Je le veux » bien; mais je fais observer que je mets un genou pour mon » Dieu, et l'autre pour mon roi. » Le coup fatal partit, et il expira avec le courage d'un soldat, d'un vrai royaliste et d'un chrétien.

(Page 104, vers 13.)

Faites votre métier, moi j'ai fait mon devoir.

Cette réponse historique est du brave prince de Talmont, qui fut fusillé à Nantes, pendant les guerres de la Vendée.

(Page 112, vers 9.)

Du Juste couronné c'était l'auguste fille.

Dès les premiers jours de la restauration, Monseigneur le Duc d'Angoulême, alla visiter ces contrées fidèles, et prier sur les ossements des braves qui venaient d'être transportés dans l'église de la Chartreuse d'Auray, et y étaient amoncelés. Alors le monument fut projeté, l'autorisation royale fut donnée. Son Altesse Royale Madame la Dauphine en a posé la première pierre, le 20 septembre 1823, et a fait racheter de ses propres fonds le *Champ des Martyrs*.

M. Louis-Gabriel de Villeneuve-Laroche-Barnaud, un des prisonniers échappés au massacre de Quiberon, a publié, en 1822, des mémoires sur cette expédition plus complets que tout ce qui a paru jusqu'à ce jour. Ils ne laissent rien à desirer sous le rapport des détails et de la vérité historique. On ne devait pas moins attendre d'un loyal émigré, témoin oculaire de tout ce qu'il rapporte. C'est à une source si pure que nous avons puisé la plupart des faits rappelés dans ce poëme et dans ces notes, et nous nous faisons un vrai plaisir de payer à cet écrivain le tribut d'éloges et de reconnaissance qu'il mérite.

BIBLIOTHEQUE ROYALE I

www.ingramcontent.com/pod-product-compliance
Ingram Content Group UK Ltd.
Pitfield, Milton Keynes, MK11 3LW, UK
UKHW031857260826
14628UKWH00002B/817

9 782019 646172